0,70 c

Blanche des Solitudes

Jean-Louis Magnon

Blanche des Solitudes

ROMAN

Albin Michel

22, rue Huyghens, 75014 Paris

ISBN 2-226-09226-8

Pour Christian Signol,
ce voyage au pays essentiel.

« La richesse de la vie est
faite de souvenirs oubliés. »

Cesare PAVESE,
Le Métier de vivre.

1

LES parents de Blanche s'appelaient Joseph et Lucie. Ils habitaient les Solitudes, une maison minuscule au milieu des bois de châtaigniers et de chênes, sur le bord d'un chemin qui descend jusqu'à l'Aveyron.

Dans une trouée des arbres, on voit une grande prairie et un verger de pommiers protégé du vent par des haies d'aubépines et de sureaux. C'est de la mauvaise terre, juste bonne pour l'avoine ou le seigle, sur laquelle bien peu d'hommes, même autrefois, étaient capables de risquer un attelage, à cause de la pente. Celle-ci rend tout difficile, le travail et les déplacements, mais aussi, grâce à elle, les champs sont pendus aux flancs des coteaux, dorés ou verts selon la saison, et changent de couleur avec le soleil et le vent.

La rivière enroule une boucle très large autour des Solitudes, loin en dessous dans des passes où règne une ombre perpétuelle. Quand on va jusqu'à l'orée des champs, comme on est au-dessus de la cime des hêtres et des chênes, on ne voit jamais l'eau qui roule en bas sur les galets, seulement le tracé, la grande encoche de la vallée suivant le lit. L'eau, on l'entend, certains jours où le vent vient du nord, et elle fait alors comme un bruit de manade.

En face, sur le coteau, on aperçoit des fermes isolées, couchées sur le sol, séparées par les champs, reliées par des chemins qui tournent pour suivre la courbe des pentes. On y entre par de grands porches de pierre ouverts sur la cour et la maison adossée aux étables. Sur les aires blanches volettent encore aujourd'hui les brindilles de paille et la poussière des moissons. A moins que les pluies d'automne et de printemps ne fassent de ces cours des pataugeoires ou que l'hiver, plus tard, ne fige les flaques en miroirs scintillants occultés – de plus en plus rarement : les temps changent – d'amas de neige tourmentés par le vent. Chacune de ces fermes a son histoire, comme toutes les fermes du monde, mais c'étaient celles-là que Blanche connaissait parce qu'on en parlait chez elle.

Au loin, vers l'est, tout au bout des collines, après des vallonnements qui multiplient les distances, un clocher pointe vers le ciel, des maisons se pressent autour, débordant comme de la dentelle grise de chaque côté de la grand-route qui mène à Villefranche. C'est Albagnac, le gros bourg. De l'autre côté, derrière les bois, se trouve Mayral, le village le plus proche, mais on ne le voit pas depuis les Solitudes, même la nuit quand les lumières des autres bourgs s'allument vers le Quercy, l'Aubrac et, si le temps est très clair, les lointains soulèvements des Cévennes.

Les Solitudes, c'est une toute petite maison, aujourd'hui on dirait « une cabane ». Elle n'a qu'une pièce. Les murs sont en pierre, cette pierre du pays, aux veines jaunes et rouges dont le ton s'accorde si bien avec les toits d'ardoises ou de lauzes. Quand on la regarde de l'extérieur, la maison est prolongée sur le côté par l'arrondi du four où l'on cuisait le pain de la semaine.

La porte en châtaignier est devenue grise à force d'années de pluies et de neiges. La fenêtre, unique, étroite et sans volets, placée à mi-hauteur dans le mur, donne sur le devant, sur le chemin des bois. L'arrière est fermé, sans la moindre ouverture, encastré dans le rocher qui sert de mur.

Trente mètres carrés au plus, dans lesquels elle avait vécu avec ses parents, tant d'années. Comment cela a-t-il été possible ? Pourtant, son père était fier des Solitudes : c'était chez lui. Il les tenait de son propre père, Hippolyte, le grand-père de Blanche.

Ce dernier ne possédait rien. Tout de même, il avait réussi à construire cette maison sur les restes d'une cabane encore plus petite, un assemblage de cailloux, de branches et de fanes servant aux bouscatiers pour les coupes d'automne. Il avait fait ainsi un grand pas en avant : il n'habitait plus dans les appentis et les fenils des fermes où il travaillait, comme les autres brassiers à cette époque aujourd'hui évanouie dans les brumes du temps.

Lorsque Blanche revint, elle avait soixante-quinze ans. Pendant dix-huit ans elle n'était pas retournée aux Solitudes.

Et encore ! Au cours des vingt années qui avaient précédé, à peine y était-elle revenue cinq ou six fois.

La dernière pour la mort de Joseph Brunel, son père. En novembre, un jour froid et gris. Sur le chemin boueux, ils accompagnaient le cercueil. Elle avait regardé les grands chênes et les hêtres, les haies dégarnies et les maisons floues, à cause du brouillard léger mais tenace qui montait des prairies, entre les bosquets sans feuilles où pendaient les toiles d'épeires perlées de gouttes d'eau pure. Derrière elle, suivaient les gens qui connaissaient le mieux Brunel des Solitudes et qui étaient venus le chercher jusque dans sa maison des bois. Puis, au fur et à mesure qu'ils approchaient de Mayral, d'autres sortaient des fermes et des premières maisons. Les hommes portaient leurs habits de dimanche, le froid allumait leurs faces rouges sur les cols blancs, sous les casquettes ; leur haleine chaude fumait. Les femmes étaient serrées dans ces grands pardessus de popeline sombre qu'on met à partir d'un certain âge et vous font le restant de la vie. Le cortège s'était allongé ainsi jusqu'à l'église et Blanche avait pu mesurer l'estime dont jouissait son père. Les gens profitaient de cette occasion où ils se retrouvaient ensemble pour se raconter les dernières nouvelles des familles, parler de la récolte, de l'hiver qui était presque là et qui serait rude – les oignons cette année avaient mis de nombreuses peaux –, des potins, des histoires vraies ou fausses. Derrière la camionnette qui, depuis 1950, servait de corbillard, on entendait un brouhaha presque joyeux. Cela ne gênait pas Blanche, la seule « de la famille » ; elle savait, étant du pays, que plus encore que les fêtes, la messe et le marché, les enterrements étaient l'occasion de se retrouver pour ces gens vivant isolés les uns des autres, parfois dans des bouts du monde où l'on n'accédait que par nécessité.

A cette époque, Étienne, son mari, avait déjà pris, derrière la fenêtre de leur appartement à Paris, le poste de guet qu'il occuperait encore pendant dix ans. De là, assis sur sa chaise qu'il apportait depuis la cuisine avec la même lassitude qu'il mettait à traîner ses pantoufles de feutre sur le plancher ciré, il voyait le pan de mur gris de la maison d'en face, la boulangerie de Mme Florès et, en se penchant, un bout de l'avenue sur laquelle les enfants couraient vers l'école. Étienne, qui lui tendait maintenant le front pour qu'elle l'embrasse, quand elle partait.

Elle l'avait un peu oublié, Étienne, en arrivant aux Solitudes, la veille de l'enterrement. On avait occulté la fenêtre avec un rideau et allumé des lampes, mais elle avait à peine examiné la maison. Obsédée par le visage enfin reposé de son père, ses yeux clos aux paupières violettes, sa mâchoire retenue par un grand mouchoir noué au-dessus de la tête, il lui avait fallu un moment pour s'apercevoir de la présence de quelques femmes du voisinage déjà prêtes pour la veillée funèbre, comme il est de coutume, dans le respect plus ou moins mécanique que l'on doit à la mort ; une avait même apporté son tricot. Blanche avait refusé qu'elles restent : elle voulait le veiller seule. Cela ne leur avait pas fait plaisir ; elles étaient parties en maugréant. D'ailleurs, devant le visage buté de Blanche et le silence qu'elle opposait à leurs remarques, aucune d'entre elles n'avait osé lui parler du temps passé. Ce n'était pas le chagrin de la mort de son père – il viendrait plus tard – qui faisait obstacle, mais avant tout cette distance que mettaient entre elle et ces femmes les années vécues loin du pays. A quatre heures, le vieux Courtade – autrefois jardinier, à présent fossoyeur –, déjà courbé par l'âge et – ce qui l'avait stupéfaite – la casquette à la main, avait frappé à la porte. Il venait lui demander comment elle souhaitait qu'on fasse « au sujet de la tombe ». Elle lui avait répondu de faire « pour le mieux... », comme il l'entendait, il avait l'habitude, pas elle. C'était la première fois qu'elle enterrait quelqu'un ; elle n'avait pas de robe noire mais s'en fichait, certaine que son père s'en moquait tout autant, s'il la voyait de l'endroit où il se trouvait peut-être.

L'église était plongée dans la pénombre en raison du temps gris, les vitraux eux-mêmes luisaient faiblement ; seul l'autel brillait de tous ses feux et cette lumière baignait le cercueil posé sur des tréteaux recouverts de drap noir. Le curé en soutane avait dit une belle messe, citant même au sermon Hippolyte, le grand-père de

Blanche, qui pourtant, se souvenait-elle, était plutôt « rouge » dans sa jeunesse. Seule au premier rang, elle s'était demandé où « ces dames » avaient bien pu trouver, en cette saison, les fleurs magnifiques amoncelées sur l'autel. Quand elle était petite, elle en voulait beaucoup à leurs mères. Aux Solitudes on avait eu faim, on avait eu froid, tandis qu'elles se chauffaient dans leurs maisons cossues et que leurs bonnes ramenaient de pleins paniers de victuailles. Elles passaient dans les rues, toujours confortablement vêtues – capelines et ombrelles l'été, cols de fourrure l'hiver –, caressant la tête des enfants avec un mot aimable quand elles en rencontraient. Mais si elle avait osé défier sa mère qui les saluait avec respect et s'écartait pour les laisser passer, Blanche aurait mordu leurs douces mains blanches qui sentaient le parfum. Joseph Brunel, dont leurs filles avaient fleuri la dernière messe, revenait souvent la tête basse et l'air déçu, de ces grandes maisons où il était allé demander de l'embauche – « Une journée ?... Quelques heures, alors, si vous pouvez, monsieur ! » – ; il y avait rarement du travail pour lui : « Les temps sont difficiles pour tout le monde », même pour les riches.

Ce jour de novembre, la messe s'était confondue dans sa tête avec les souvenirs qui revenaient sur le fond de murmure des répons des fidèles se mêlant aux phrases en latin du curé. Blanche avait la migraine, un peu de vertige de n'avoir presque rien mangé depuis la veille, et une vague nausée devant ce spectacle accompagnant la fin de celui qui avait tant souffert aux Solitudes, dans la pauvreté jamais vaincue malgré sa bonté, sa vaillance. De l'avoir fait souffrir, plus tard, elle aussi – et de le savoir mieux que personne –, n'arrangeait rien.

A la fin de la messe, elle avait traversé la nef derrière le cercueil de son père, sous les regards apitoyés, inquisiteurs, curieux – et parfois hostiles –, des autres. Puis ils l'avaient accompagné au cimetière, « elle devant et tous derrière, comme dit la chanson », pensa-t-elle. Avant d'arriver, on passait devant les peupliers de Barrau, qui abandonnaient leurs feuilles à poignées, et juste après, dans une éclaircie du bois de chênes, elle avait reconnu cette bergerie où vivait la Méline dont elle avait tellement peur autrefois lorsqu'elle courait sur le chemin devant chez elle pour aller à l'école et que l'autre, grosse, sale, vêtue de noir, sortait à chaque fois sur sa porte et lui criait des méchancetés, parce qu'elle haïssait son père, à cause de sa bonté justement.

Après chez Méline, c'était le cimetière.

Courtade avait fait son métier, ouvert proprement le caveau en ciment que sa mère avait réussi, en trente ans d'économies de dentelles, à offrir à tous les siens. Leurs noms étaient gravés sur la pierre – et pour la gravure c'était plus que des dentelles qu'elle avait dû se refuser – en grandes lettres droites, à la dorure écaillée. Les noms de ceux qui avaient vécu, souffert, aimé, pour arriver jusqu'à elle, Blanche, la dernière, après laquelle il n'y avait plus personne, simplement le vide éternel des familles éteintes.

Pendant que les hommes descendaient le cercueil de son père dans le trou, c'étaient ces noms qu'elle avait épelés sur la pierre. Elle n'était sûrement pas la seule à se souvenir d'eux : derrière elle, parmi ceux venus jusque-là, au bord de cette tombe, quelques-uns sans doute se rappelaient aussi. Mais elle était la seule à les avoir *tous* connus, à avoir partagé leurs vies, parfois quelques mois seulement, parfois de longues années. Et elle avait lu :

Armand Brunel 1892-1920
Eulalie Lacostes 1866-1920
Hippolyte Brunel 1868-1922
Luc Brunel 1923-1924
Marie Brunel 1899-1942
Lucie Combes 1889-1949

Il lui restait à faire graver :

Joseph Brunel 1890-1968

Ce serait la dernière ligne : Blanche, le jour où elle mourrait, irait à Saint-Rémy-de-Provence, dans le caveau de famille d'Étienne, auprès de ses beaux-parents qu'elle n'avait jamais connus, sous les cyprès, dans ce pays où le soleil brille toujours, où le mistral éparpille l'argent des oliviers, comme au temps où ils avaient leur jeunesse et la vie devant eux, croyaient-ils. Ainsi, personne ne lirait jamais son nom après celui de son père.

Elle essayait de se convaincre que cela ne comptait pas pour elle. Pour être honnête, elle avait eu aussi, ce jour-là, l'impression qu'elle ne méritait pas de rejoindre ceux des Solitudes. Avec elle, et peut-être pas entièrement de sa faute, quelque chose s'était brisé. Pour cette raison sans doute, dix-huit ans avaient passé sans qu'elle revienne là-bas.

Mais cette année-là, un dimanche de printemps, elle avait su...

Un de ces dimanches interminables où la vie, à force de ralentir, semblait s'arrêter presque. Elle sortait de chez elle, ayant enfilé son vieux manteau de laine grise dont l'âge se voyait seulement aux manches élimées, à la trame apparente – mais personne ne la regardait jamais. Elle avait pris, depuis qu'elle était seule, cette habitude d'aller à travers la grande ville abandonnée par ses habitants qui tentaient, pour quelques heures, de ressaisir en des campagnes modernes le goût d'anciens jours d'herbe, de ciel et d'arbres. Elle marchait longtemps à travers des quartiers déserts, suivant à peu près le même itinéraire, craignant de se perdre dans des lieux inconnus. Quand l'après-midi s'avançait, elle rebroussait chemin et reconnaissait sa route grâce à des repères, des jeux de piste, marqués d'enseignes étranges, de portes cochères remarquables, de places familières.

Le boulevard qui la ramenait immanquablement chez elle était vide comme beaucoup d'autres à Paris. Les platanes se couvraient de feuilles jeunes, d'un vert tendre et fragile. C'était le premier jour de grand soleil depuis des mois et il avait fait chaud. A présent, le soir venait et avec lui, la fraîcheur de la fin de l'hiver.

Blanche rentrait lentement, sachant qu'elle allait retrouver chez elle une solitude encore plus pesante qu'aux mauvaises saisons.

A un moment, le vent se leva et commença de se glisser dans les branches, les balançant doucement – un froissement discret qui accompagnait sa marche. Elle constata qu'il amenait avec lui ces choses contre lesquelles elle luttait parfois pour les tenir dans l'ombre, pensant que cela valait mieux. Il y avait si longtemps ! Si cela avait duré, elle aurait fini par oublier. Peut-être ce bruit de feuilles brassées par le vent du soir n'aurait-il pas suffi à réveiller tout à fait le passé, mais, à cet instant, il y eut l'oiseau. Elle ne le voyait pas, l'entendait seulement chanter dans les feuilles. Comme une digue qui lâche, tout lui revint. Elle se revit là-bas, de nouveau. Elle crut aussi voir une grande lumière qui embrasait l'arbre. Arrêtée sur le trottoir, elle avait la mine défaite, presque hallucinée. Un gamin qui passait s'arrêta, la regarda avec insistance, avant de vriller son doigt à sa tempe. Sa mère revint sur ses pas, le gifla et l'entraîna en larmes.

Il lui était bien égal que ce gosse la croie folle ! Elle était « là-bas », elle avait retrouvé le fil. Tout avait disparu autour d'elle : les boulevards, les maisons, les voitures de plus en plus nombreuses maintenant, en cette fin d'après-midi de dimanche ; Paris lui-même s'était fondu dans la grande lumière. A la place s'étendait la campagne, et sur la colline, dans le soir, son village se découpait avec son clocher, ses toits d'ardoises et les champs alentour, bordés par les chemins sur lesquels les charrettes rentraient lentement.

Elle avait dix ans et tout cela était « chez elle », tout cela était à elle, de nouveau.

Elle resta longtemps debout au milieu du trottoir. Quand elle rentra, son petit appartement lui parut vide et d'une tristesse sans appel. Au sommet du mur d'en face, les derniers rayons du soleil se brisaient sur les toits de Paris. Ces lueurs, un peu tremblantes à cause de la chaleur accumulée pendant la journée, rendaient encore plus morne la montée du soir et, le cœur démoli, elle tira les rideaux.

Elle commença à manger. Mais il lui parut absurde d'être là, seule dans sa cuisine, à mastiquer devant un mur blanc. Elle se leva et marcha dans l'appartement, essayant de retrouver les détails infimes qui, d'habitude, la consolaient de sa solitude. Le miroir dans l'entrée lui renvoya l'image d'une vieille femme aux cheveux blancs, au visage ridé. Seuls ses yeux lui parurent familiers. Elle y lut ce qui l'agitait.

Autour d'elle, par moments, explosaient encore les grands éclairs lumineux du soleil sur la campagne. Mais seulement des éclairs, et par moments, et si loin, si loin ! Elle comprit : bientôt elle ne verrait plus rien. Elle en ressentit une grande peine. Alors elle réalisa qu'il lui serait insupportable de perdre une nouvelle fois ce trésor.

La nuit était tombée. Elle écouta les faibles bruits de la ville parvenant jusqu'à elle, semblables au clapotage de toutes petites vagues. Cette faiblesse accentuait encore le silence qui écrasait peu à peu ses souvenirs comme l'ombre éteignait les éclats de la lumière venue un instant dans l'arbre du boulevard où l'oiseau chantait. Ces murs l'étouffaient, elle le pensait depuis longtemps – et avait tout fait pour chasser cette idée avant ce soir. Elle eut un geste enfantin : elle tenta de les repousser de ses mains. Puis, fébrilement, elle chercha alentour, ouvrit des tiroirs, souleva des piles de papiers et de linge, cherchant avec une sorte de désespoir quelque trace de ce qui s'éloignait. Elle n'en trouva pas. Comment était-il possible que toutes ces années n'aient laissé dans son cœur que des images ? Ainsi : la vie qu'on choisissait submergeait celle qui vous était donnée. Elle eut le soupçon d'avoir manqué de vigilance. Mais quand ? C'était trop difficile ! Elle abandonna et s'effondra en larmes.

Pourtant, plus tard, dans la solitude plus évidente que jamais, sous le regard un peu sarcastique d'Étienne sur sa photo, elle eut l'impression d'avoir recollé quelque chose. Qui sait ? Peut-être suffisait-il d'une couleur, d'un chant d'oiseau, pour permettre aux lieux, aux êtres ou aux objets de reprendre leur place même si, depuis longtemps, ils paraissaient avoir quitté ce monde.

C'était une nouvelle espérance qui se levait. Pourquoi, dès lors, l'aurait-elle perdue à jamais ? Elle avait juste voulu aller trop vite, retrouver tout de suite ce dont elle se rappelait dans cette nuit de Paris. Simplement parce que, pour la première fois, son pays lui était revenu tout entier, un monde bien réel, à nouveau animé, comme quand elle courait dans les champs, sur les chemins, comme quand elle était une petite fille de pauvre, la fille du berger des Solitudes.

Un peu plus tard, ses larmes taries, elle sentit une force neuve la gagner. Elle le constata avec stupeur : l'heure tardive n'amenait pas, cette nuit, la lassitude habituelle qui la conduisait toujours tôt à l'abandon du sommeil. Un de ces élans qui sont l'apanage des jeunes filles la poussait à présent. Elle chercha à nouveau autour d'elle un témoignage de cet autrefois qui était venu la surprendre. Elle n'en trouva pas davantage. Une autre vie, bien différente, gisait entre ces murs. Elle se demanda si c'était la sienne et dut en convenir. En même temps, elle comprit qu'il lui était offert de revenir sur ses pas. Devenu possible, cela ne dépendait que d'elle seule. Ce fut à cet instant qu'elle décida de partir, de retourner là-bas. Le peu de temps qu'il lui restait – elle ne fut à aucun moment dupe de son importance –, elle voulait le vivre chez elle, malgré tout.

Elle calcula. D'abord il lui fallait vendre cet appartement – l'orgueil d'Étienne, la réussite de sa vie. Ce serait facile. Elle en parlerait à ce jeune homme si aimable, l'agent immobilier à l'angle du boulevard. Il lui faisait toujours un petit salut quand il la croisait dans le quartier. Un jour, il lui avait demandé si elle ne se sentait pas trop seule dans cet appartement. Mme Florès, la boulangère, prétendait que s'il était « tellement gentil » avec eux c'est qu'« ils » avaient un projet, des vues sur leurs maisons afin de les acheter, les démolir et construire des immeubles. « Pas pour nous, madame Blanche, pour les riches. Vous comprenez : maintenant, il n'y a plus beaucoup de place à Paris. Alors nous, les pauvres, il nous faudra aller ailleurs ! » « Parle pour toi, avait pensé Blanche, moi je suis propriétaire, je suis chez moi. Personne ne pourra me chasser ! » Dire qu'elle avait été si fière de cette possession ! A présent, elle était prête à laisser tout ça si facilement et sans regrets...

C'est Étienne qui avait voulu acheter cet appartement et il avait eu raison : ils avaient fini de payer le crédit au moment de sa retraite. Bien sûr, à la fin, le pauvre n'en avait pas beaucoup profité. Mais, après tout, qui sait ? Peut-être était-il heureux, à sa manière. Le nez sur le carreau en hiver et l'été la fenêtre ouverte, il restait tard le soir, à écouter rouler les autos sur le boulevard tandis que les gens se hâtaient vers les restaurants devant lesquels eux passaient autrefois, en se promenant, sans jamais entrer. Étienne disait : « C'est le restaurant ou l'appartement, Blanche ! » ; elle lui répondait toujours : « L'appartement, mon chéri, l'appartement », même si, bien souvent, elle aurait préféré entrer dans ces salles illuminées de lustres, s'asseoir au milieu du monde et contempler les belles robes des dames, la vaisselle d'argent qui brille, les verres qui tintent. Mais cela lui faisait tellement plaisir de penser qu'elle était économe comme lui ! Pauvre homme ! Non, finalement, elle ne croyait pas qu'il avait été très heureux, elle l'avait, trop souvent, lu dans ses yeux où s'était éteint cet éclat qu'elle aimait tant à cette époque enfuie où il lui tendait les lèvres et pas le front.

Elle décida donc d'aller trouver le jeune homme à son bureau, dès le lendemain. Elle lui dirait : « Je veux vendre, c'est tant » – ce que lui avait dit Étienne qui prévoyait tout. Ça lui ferait une grosse somme, assez en tout cas pour réaliser son projet. Il ne faudrait pas que le jeune homme discute, Blanche connaissait la valeur de l'appartement : son mari ne se trompait jamais, au moins sur ces questions financières.

Avec l'argent qu'on lui donnerait, elle en aurait de reste pour arriver au bout de sa vie, d'autant qu'elle avait la petite retraite d'Étienne déjà suffisante à Paris. Alors, là-bas...

Dès qu'elle aurait vendu, elle partirait vivre aux Solitudes.

On était le 3 mars. Si tout allait bien, l'affaire pourrait être réglée en un mois. Elle arriverait là-bas en avril, au moment où les marguerites fleurissent.

2

LE jeune homme de l'agence parut très satisfait quand Blanche lui annonça qu'elle voulait vendre. Cinq jours après, ils passèrent le sous-seing privé chez un notaire. Elle n'éprouva aucune sympathie pour le représentant de la société immobilière qui avait acheté. Il transpirait énormément, s'épongeait sans cesse le front avec son mouchoir et la regardait en biais, de temps en temps. Surtout, il lui parla trop doucement. Elle n'entendit pas bien ce qu'il disait. Elle fut un peu étonnée qu'ils ne fassent aucune difficulté au sujet du prix mais, après tout, autre chose la préoccupait.

Au moment de signer, elle ressentit un peu de peine à cause d'Étienne et des années qu'ils avaient vécues dans cet appartement. Ils y avaient été heureux quelque temps tous les deux, avant qu'il ne tombe malade. Le matin, après s'être rasé avec beaucoup de soin, il s'habillait – toujours le même costume inusable et la même chemise, seule la cravate changeait – ; ensuite, il partait pour l'imprimerie de la rue Descartes où il travaillait depuis la fin de la guerre. De la fenêtre, Blanche lui disait au revoir, il répondait par un petit geste de la main avant de se diriger vers la station de métro. Demeurée seule, Blanche faisait le ménage et les courses. Cela lui laissait du temps libre, de longues heures passées à lire les livres qu'elle allait chercher à la bibliothèque de prêt. Elle aimait surtout les histoires d'amour. Un jour, elle avait essayé de lire un roman policier ; terrorisée, elle l'avait ramené le jour même à la bibliothèque. Quand son mari rentrait, le repas du soir était prêt. Ensuite, elle lavait la vaisselle pendant qu'il lisait son journal. Puis ils regardaient la télévision, tous les deux, à côté l'un de l'autre. Étienne fumait un cigarillo ; la plupart du temps, il ne le terminait pas et gardait le reste pour le lendemain. Elle n'avait jamais compris ça mais n'avait jamais non plus osé le lui dire. Depuis qu'ils avaient acheté le poste, ils ne parlaient plus beaucoup ensemble. Tout de même, elle avait pensé souvent, dans ces soirées : « Ce doit être ça, le bonheur... »

Un jour, le patron de l'imprimerie avait raccompagné Étienne qui regardait fixement devant lui. Le médecin avait dit que ça lui passerait, qu'il devait se reposer. Le repos avait duré quinze ans et son mari n'avait plus voulu qu'elle allume la télévision. Désormais, il restait assis sur sa chaise devant la fenêtre, elle cousait ou lisait. C'était pour ces années tranquilles d'avant sa maladie, qui ressemblaient au bonheur, qu'elle avait un peu de peine de laisser cet endroit. Pour la chasser, il lui suffisait de penser qu'elle était d'ailleurs, un pays presque lointain où elle allait revenir.

En sortant de chez le notaire, elle se rendit à la gare pour acheter son billet à l'avance. Au guichet, un employé, jeune et très aimable malgré ses cheveux longs comme ceux d'une fille, lui dit qu'elle devrait descendre à Saint-Christophe. Elle aurait dû s'en souvenir, à cause de l'enterrement de son père, mais, ayant oublié, elle espérait que le train continuait jusqu'à Cabenzac. Dans ce cas, elle aurait pu aller à pied aux Solitudes ; depuis Saint-Christophe, il lui faudrait prendre l'autobus, ou trouver quelqu'un pour l'emmener... mais qui ? Elle ne connaissait plus personne là-bas.

Elle pensa brusquement aux cheveux trop longs de l'employé. Après tout, que lui importait ? Chacun faisait comme il l'entendait, même si Étienne rouspétait sans cesse contre les jeunes gens, leur allure, leur tenue. Il avait commencé en 1968 quand ils avaient fait « leur révolution » comme il disait, plutôt méprisant. Elle aurait pu lui rappeler que, lorsqu'ils s'étaient connus, lui-même voyageait avec un sac à dos et de grosses chaussures, et parlait comme eux, disant qu'ils allaient refaire le monde, « eux, les jeunes ». Elle l'écoutait, alors, sans trop chercher à comprendre ce qu'il voulait dire, ne regardant que ses cheveux blonds dans lesquels il était si doux de passer la main. Elle se souvint de ses yeux verts, si beaux, si gais. Comment son regard avait-il pu ternir si vite, après ? Bien sûr, entre-temps, il y avait eu la guerre et les trois ans qu'il avait passés là-bas, en Silésie – un jour, il lui avait dit cette phrase qu'elle trouvait si belle : « On est arrivés dans les blés verts, on est repartis à la moisson, mais trois ans plus tard ! Comme j'ai pensé à toi, Blanche. » Peut-être la dernière phrase gentille qu'il lui ait dite. A son retour, il avait changé – pas seulement ses yeux. Comme s'il était malade, comme si quelque chose le rongeait déjà de l'intérieur. Plus tard, Blanche avait pensé que c'était pour cette raison qu'il était rentré un jour, désorienté, hagard, de l'imprimerie.

Un soir, il s'était un peu expliqué. Un soir d'hiver, elle s'en souvenait très bien parce qu'ils n'habitaient pas encore l'appartement et vivaient dans une chambre à Clichy ; il fallait monter le seau à charbon de la cave, deux fois par jour ; leurs deux pièces sentaient l'humide et un peu le moisi, comme chez les pauvres. Il venait de remplir le poêle et les flammes étaient reparties. Il lui avait dit alors, d'une petite voix légère, un peu sifflante : « Quand on nous a emmenés là-haut, en Silésie, le train est passé, un matin à l'aube, pas loin de hautes cheminées qui fumaient. A leur sommet, c'était tout rouge, comme le charbon, tu vois, là – il lui montrait les boulets enflammés derrière la petite vitre de mica. Un copain, un Alsacien qui avait une grande gueule, a dit avec un ton qu'on lui connaissait pas : “Ce sont les juifs qu'ils font brûler, camarades ! Regardez bien et souvenez-vous ! Peut-être nous aussi ils nous feront cramer plus tard.” Non, on nous a pas tués, nous étions des Français, des prisonniers de guerre, pas des juifs. Mais les communistes comme lui, oui, après on les a tués aussi. C'est à ça que je pense, chaque matin et chaque soir, quand je mets le charbon. A la fumée de ces cheminées et à la grande gueule de l'Alsacien. »

Quand il avait fermé le poêle et serré la clef de tirage, Blanche avait vu que ses yeux étaient remplis de larmes. Après cette fois, il n'en avait jamais plus reparlé. Petit à petit, il avait repris sa vie, son travail et tout était bien allé, jusqu'à ce que son patron le ramène chez eux avec un regard vague.

Pour se débarrasser des meubles, de la télévision et de la cuisinière, Blanche s'arrangea avec un brocanteur. Il passait régulièrement dans le quartier pour vider les greniers et lui acheta le tout. Elle dit qu'elle était pressée et il en profita un peu : il ne lui en offrit pas cher mais elle reconnut que ça ne valait guère plus. Elle donna son matelas à Mme Florès : celle-ci en cherchait un pour sa belle-mère qui avait perdu la tête et risquait toujours de tomber de son petit lit. Elle fut contente, Blanche aussi : comment aurait-elle pu entrer ce grand matelas dans la maison des Solitudes ? Ça n'empêche : la boulangère remarqua un trou minuscule dans la toile, par lequel le crin s'échappait, et ne put s'empêcher de faire une réflexion : « Voilà comment c'est, nous autres... » Mais Blanche ne l'écoutait plus, elle regardait le soleil en train de se coucher : il posait de grands chiffons rouge sang dans le haut des arbres. Le matin – Étienne le lui avait fait remarquer – il éclairait le dessus des feuilles et les faisait luire ; le soir, au contraire, on voyait sa lumière à travers, toute jaune, quand c'était le printemps. En hiver, le matin ou le soir, le plus souvent on ne voyait rien, sauf les fumées grasses qui descendaient avec le brouillard sur la ville.

En partant, la boulangère l'embrassa. Elle

pleurait, Blanche se demanda bien pourquoi. Elle avait déjà rangé ses vêtements dans la grande valise ; pas grand-chose, juste ce qui était encore bon, surtout son manteau en laine parce qu'il faisait souvent froid là où elle allait. Il lui resterait à emballer ses affaires de toilette et la photo d'Étienne. Elle voulait qu'il passe une dernière nuit dans son appartement, avec elle. Elle lui parlait quelquefois, en le regardant. Sur la photo, il avait déjà son air de chien battu et ses yeux ternes. Pourtant il n'était pas très vieux, quand ils l'avaient fait tirer par le photographe de la banlieue où ils habitaient, juste après la Libération.

A la gare, on lui avait dit que le train partait à dix heures du matin. Après le départ de Mme Florès, elle vérifia – pour la quatrième ou cinquième fois – l'heure marquée sur le billet. Elle se rendit jusqu'à la cabine téléphonique à l'angle de la rue et commanda un taxi. Comment faire autrement pour porter sa grosse valise jusqu'à la gare d'Austerlitz ? Une voix de femme, jeune et un peu sèche, lui dit qu'il viendrait vers huit heures. Mme Florès serait dans sa boutique, c'était agaçant : elle voudrait venir lui dire au revoir encore une fois ; comme si ça ne suffisait pas ! Elle aussi aimerait bien retourner chez elle dans les Pyrénées, un jour ou l'autre, avait-elle dit, mais « à cause des sous » il lui faudrait sans doute « mourir ici ». Blanche ne savait pas pourquoi cela lui avait fait plaisir, sans doute parce qu'elle-même avait décidé de mourir dans sa maison.

Finalement, le taxi arriva avec une demi-heure de retard. Elle faillit le réprimander mais se souvint : elle avait tout son temps jusqu'à l'heure du train. C'était bon du temps d'Étienne, ces horaires précis ! Il fallait toujours qu'ils soient exacts à la minute près : « L'exactitude est la politesse des rois... », répétait-il d'ailleurs. Elle n'avait jamais été comme ça avant de le connaître.

En fait, la boulangère était occupée à servir ses clients du matin. Blanche se dépêcha de monter dans le taxi.

A la gare, il y avait beaucoup de monde. Elle eut tout de suite mal à la tête, à cause de tous ces gens qui se pressaient dans les couloirs. Elle transpirait en tirant sa valise. Au-dessus de son train, il lui sembla, un moment, revoir la fumée grise de la locomotive, comme lorsqu'elle allait, avec ses parents, attendre leur cousin Alfred à Saint-Christophe, quand il venait de Brive ou de Cahors. Il était représentant (il disait « courtier », fièrement...) en fruits et, de temps en temps, quittait le département pour aller visiter des grossistes dans les villes. L'été de ses dix ans

Blanche avait passé chez lui les seules vacances de son enfance. Il habitait, près de Figeac, une grande villa entourée de pelouse. Elle était restée là-bas quinze jours. Sa chambre était jolie, avec une tapisserie à fleurs, bleu et rose, et elle se promenait toute la journée en compagnie d'Alfred et Léonie, sa femme, celle-ci riait sans arrêt des plaisanteries de son mari, auxquelles Blanche ne comprenait rien. Elle avait été heureuse chez eux, au moins quelques jours, parce que ensuite elle avait commencé à ressentir l'absence de sa mère, qui ne parlait pas beaucoup et riait peu souvent, mais dont le regard si pur lui manqua bien vite.

En regardant mieux, elle comprit : la fumée qu'elle avait cru voir était juste un reste de brouillard, captif sous la verrière de la gare. Il pleuvait depuis le matin, une fine bruine qui avait traversé les épaulettes de son manteau. Elle regretta la locomotive : celle d'autrefois était si belle, avec sa grosse cheminée comme un gâteau et ses boggies luisants.

Elle finit par trouver son wagon et vérifia sur son billet le numéro de la voiture et celui de sa place. Un jeune homme l'aida à monter sa valise, mais elle garda son sac serré contre elle : la semaine précédente, elle était passée à la Caisse d'épargne. Le jeune homme l'aida aussi à monter la valise sur le filet des bagages. La place à côté de la sienne était libre, elle attendit un moment, personne ne vint s'asseoir.

Elle avait toujours mal à la tête et un peu le vertige, maintenant. Appuyant sa tête en arrière, elle ferma les yeux. Un instant plus tard, elle entendit un long coup de sifflet. Elle sentit que le train démarrait mais, déjà, elle s'endormait.

La route avec son goudron tout neuf monte doucement entre les frênes et les chênes qui marquent les bordures des champs. Ceux-ci sont vert et jaune d'or. Il fait chaud. Elle court vers la maison après l'école, bientôt ce seront les vacances. Avant d'arriver, il faut quitter la route et prendre le chemin de terre qui tourne autour des champs d'Estival. Ensuite, la grande prairie descend vers les bois. A ce moment de l'année, on écrase les plants de serpolet qui forment de grandes taches violettes dans l'herbe verte.

La prairie est à gauche, le chemin au milieu et, sur la droite, les jeunes châtaigniers poussent entre les buissons de la haie. Les chatons pendent du ciel sous les feuilles en dentelle et il en tombe de la poudre dorée. Avec Valentine du Caussanel, elles s'en barbouillent la figure quand elles jouent les dames – pour les lèvres il y a les framboises et elles se passent aussi du charbon de bois sur les sourcils et les paupières.

Elle a peur, le long de la haie qui suit le chemin. Les vipères se tiennent là, à l'abri du vent, dans les trous de chaud que fait le soleil en traversant les aubépines. A cause d'elles, le chien de La Robertie est mort. Encore une fois Mouly avait trop bu. La pauvre bête a hurlé la nuit entière ; le matin, son maître, enfin dessoûlé, l'a trouvé, tout gonflé ; il n'avait rien entendu. Mais elles n'auront pas Blanche ! Elle passe au large et tient à la main un long bâton, taillé par son père dans une pousse de jeune châtaignier ; elle le prend le matin, en partant pour l'école, et le laisse au bout de la haie, avant d'arriver à la route goudronnée. Après, ça risque bien moins, mais le long de la haie, gare ! La nuit, elles descendent à la rivière, mais n'y restent pas : il fait trop froid dans les fonds. Le matin, elles remontent dans les herbes hautes et viennent s'enrouler dans la haie au pied des arbustes. Là, elles attendent ; si on les dérange, elles attaquent. La Méline leur parle, dit-on, mais comme on dit aussi que c'est pendant la pleine lune, Blanche ne le croit pas. Un jour, elle est allée chercher quelque chose chez Valentine du Caussanel et, en longeant la maison de la vieille sorcière, elle l'a entendue ronfler depuis l'autre côté de la route ; pourtant c'était bien la pleine lune ! Bah ! Sur cette femme on raconte beaucoup. Trop pour que tout soit vrai.

Ce jour-là, Blanche n'a pas peur des vipères, car l'herbe de la prairie est courte : la veille le père Garric a passé la faucheuse, toute la journée on a entendu le tac-tac des lames qui coupaient les herbes. Avant, comme il avait beaucoup plu au début du printemps, elles étaient hautes et, malgré son bâton, elle n'était pas tranquille.

En traversant la prairie, elle aperçoit déjà le noyer près de la maison. A cette saison, il fait encore grand jour quand elle rentre de l'école mais, en hiver et même à l'automne, lorsqu'il a plu ou que le temps est gris, elle voit, bien avant le noyer caché dans l'ombre, la lumière de leur fenêtre. Ça lui fait chaud au cœur en s'approchant. A cette époque, il n'y a plus de risques avec les vipères ; il paraît qu'elles nichent dans le sol, le grand-père de Valentine lui a raconté qu'elles traversaient la terre de part en part pour ressortir de l'autre côté et se chauffer au soleil, chez les petits Chinois pour lesquels on leur fait garder le papier de chocolat. Blanche n'en a pas souvent. Aussi est-elle jalouse des autres, celles qui, comme Hortense ou Nathalie, récupèrent des tas de feuilles argentées et les plient dans des boîtes à chaussures, parce qu'elles sont riches ; enfin, ce sont leurs parents, mais elles, c'est pareil, pas vrai ? Quand elle a dit à l'instituteur que les vipères traversaient la terre, il a éclaté de rire et lui a répondu : « Qui est-ce qui t'a raconté ces bêtises, Blanche ? » Puis, voyant qu'elle avait l'air vexé, il a ajouté : « C'est vrai qu'elles s'enterrent dans des trous pendant l'hiver. Mais si elles traversaient, elles grilleraient tellement c'est chaud, le centre de la terre. Tu le sauras un jour, ma petite ! » Ça, c'était son idée à monsieur Pouget : un jour elle continuerait l'école et irait loin dans les études, jusqu'à la ville. « Pour avoir une bonne place, comme institutrice », disait-il. Mais il ne se rendait pas compte, « Monsieur », comment c'est aux Solitudes. D'ailleurs, il est mort quand Blanche avait neuf ans, d'un coup, comme ça. Il faut dire qu'il était gros et tout rouge. Il montrait toujours du regret dans ses yeux ; on racontait que sa femme était méchante et lui menait la vie dure, que c'était elle qui ne voulait pas d'enfant – « On en a assez avec ceux des autres », disait-elle. Après sa mort, une dame est venue faire l'école à sa place, mais elle était malade et on ne la voyait pas souvent ; elle n'a jamais pu comprendre combien cela plaisait à Blanche d'étudier dans les livres. Un jour, celle-ci lui a parlé de cette histoire de serpents traversant la terre ; l'institutrice n'a pas ri, elle a haussé les épaules en pliant ses livres et en disant : « Petite sotte, va ! »

En septembre suivant, quand sa mère a été malade, elle est restée aux Solitudes. Son père lui a dit : « Il faut que tu ailles à l'école, Blanche. » Elle a compris qu'il ne lui ordonnait pas tout à fait d'y aller, il n'avait pas cette voix-là quand il commandait. Alors elle a répondu qu'elle préférait « aider maman ». Il n'a pas insisté, la preuve qu'elle ne s'était pas trompée. Lui aussi était accablé. Pendant six mois, Blanche n'est plus retournée à l'école, jusqu'à ce que le maire vienne trouver son père. Après, au printemps, une autre maîtresse est arrivée, la précédente était partie, à la montagne, à cause de ses poumons, a-t-on dit. Avec la nouvelle, elle s'entend bien. Oh ! Ce n'est pas comme avec monsieur Pouget, mais elle passera quand même le certificat. Elle pourrait aller plus loin, sans doute, devenir fonctionnaire, comme disait son vieux maître, à condition que maman ne tombe pas encore malade, de cette maladie de tristesse qu'elle a depuis que le petit frère de Blanche est mort à l'âge d'un an.

Tout ce que Blanche voyait dans son rêve : le chemin dans la prairie de serpolet, le gros visage rouge de monsieur Pouget, celui de son père la laissant ne pas reprendre l'école et, à la fin, les grands yeux cernés de noir de son frère Luc, tout cela trembla, s'effaça brusquement. Elle se réveilla.

On lui secouait le bras : le contrôleur réclamait son billet. Un monsieur bien habillé, assis à côté d'elle, était en train de dire : « Elle dort comme ça depuis que je suis monté à Orléans. » Blanche jugea sa voix désagréable ; il lui rappelait quelqu'un, mais elle n'eut le temps de retrouver qui. Elle donna son billet au contrôleur quand elle put reprendre son sac coincé entre la banquette et la jambe de l'homme. Il la regardait d'un peu haut, elle comprit : Blanche connaissait bien ce genre de regard.

Ils avaient dû rouler longtemps, c'était déjà le début de l'après-midi et le train avançait au milieu de grands bois très verts qui s'étendaient loin de chaque côté de la voie. Il faisait chaud derrière la vitre et les joues lui cuisaient, mais elle n'osa pas rabattre le rideau, craignant de s'attirer une remarque désagréable de la part de son voisin.

Elle essaya de se rendormir, pour retrouver les mêmes images, les figures d'avant, mais elle n'en avait plus envie.

Ils roulèrent encore. De grosses fermes, avec leurs mares, leurs barrières et leurs peupliers apparurent.

Le train s'arrêta un moment dans la gare de

Brive. Il lui fallut descendre sa valise toute seule, le monsieur ne bougea pas de sa place et ne répondit pas à son « au revoir ». Elle fit un gros effort pour remonter son bagage dans l'autre train.

La lumière tombait très vite comme elle fait au printemps, les collines commençaient le long de la voie et montaient vers le ciel. Celui-ci était rouge sur tout l'horizon et aussi loin en arrière qu'elle pouvait voir.

Quand elle avait huit ans, un soir qu'elle avait raccompagné son amie au Caussanel, Charles, le grand frère de Valentine, lui avait dit, en lui montrant un ciel comme celui-là : « Quand il est aussi rouge, ça veut dire que demain ce sera la fin du monde ! » Elle était rentrée aux Solitudes en larmes et terrorisée. Son père, la voyant pleurer sans fin, la tête dans les mains, lui en avait demandé la raison. Quand elle avait fini par le lui avouer, il n'avait pas ri de sa bêtise. Il l'avait prise par la main et amenée dehors, sur le chemin d'où l'on voyait le ciel entier. De sa grosse voix rassurante, il lui avait dit : « Non, ce n'est pas la fin du monde ! Quand il est rouge comme ça, il annonce tout simplement du beau temps pour demain. Tu verras. » Elle l'avait cru à moitié mais, le lendemain matin, elle avait vu le soleil briller sur le monde intact. Alors elle avait couru vers son père et s'était jetée dans ses bras pour embrasser sa joue qui piquait.

Bien avant Saint-Christophe, elle poussa sa valise près de la porte : il n'y avait qu'une minute d'arrêt.

Lorsqu'ils arrivèrent, il faisait déjà presque nuit. Blanche n'avait pas prévu ça.

Devant la gare, à côté des gros poids lourds garés devant le restaurant des routiers, stationnait une camionnette de fruits et légumes. Un moment plus tard, un homme sortit de derrière le restaurant. Il portait des cageots vides et fumait une cigarette roulée, qu'il tenait au coin des lèvres en soufflant. C'est comme ça qu'elle le reconnut. Mais elle fit l'innocente :

– Pardon, monsieur, est-ce que vous n'iriez pas vers Mayral, par hasard ?

Il la regarda : lui ne la reconnaissait pas. Il répondit :

– Mais si ! C'est là justement que je vais, ma petite dame ! Pourquoi ? Vous voulez que je vous y emmène ?

Elle ne s'était pas trompée : sur le marché, il disait toujours : « Ma petite dame », à ses clientes.

– Oui, monsieur, si vous pouviez, ça m'arrangerait.

Il posa ses cageots, mit sa valise à côté. Il était moins fort qu'avant, mais faisait semblant que ce soit facile ! Elle monta à côté de lui, après qu'il eut jeté derrière ce qui encombrait le siège.

La pluie tombait pour de bon, maintenant. De l'eau s'infiltrait par un trou de la carrosserie, Blanche, les pieds dans une flaque, pensa : « Tu vas tremper tes souliers, mais tu ne peux quand même pas lui dire que l'eau rentre dans sa camionnette : il a dû être si fier, quand il l'a achetée ! » Ils démarrèrent. Devant eux, les phares éclairaient à peine la route, d'une lumière jaune ; elle avait du mal à percer le brouillard qui commençait à se lever et montait de chaque côté de la route. L'essuie-glace aussi était faible et allait d'un côté à l'autre du pare-brise en grinçant sans parvenir à enlever la pluie qui tombait de plus en plus fort. De temps en temps, l'homme lâchait le volant et actionnait un levier destiné à accélérer le va-et-vient des balais.

Elle avait beaucoup de mal à deviner où ils passaient. On avait construit des tas de nouvelles maisons de chaque côté de la route ; elle ne s'y retrouvait pas. A côté d'elle, l'homme sifflotait. Il ne lui avait rien demandé mais devait en penser pas moins. Alors elle dit, pas très fort :

– Tu ne m'as pas reconnue, Michel. C'est vrai que j'ai bien changé !

Il donna un coup de frein. La camionnette dérapa sur la chaussée détrempée et ils se retrouvèrent au milieu de la route.

– Nom de...

Il s'arrêta à temps.

– Blanche ! C'est pas possible ! Je croyais que...

Elle dit, amusée :

– Eh bien, non ! Tu vois, je ne suis pas morte... pas encore.

Elle ajouta avec un sourire :

– Tu ne devrais pas rester comme ça, au milieu de la route ! Nous finirons par avoir un accident.

Il dit de nouveau :

– Nom de... ! et ils repartirent.

Blanche le sentait très troublé, probablement inquiet. Voir ainsi resurgir celle qu'il croyait sans doute morte, après tant d'années, avait de quoi perturber quelqu'un né et resté toute sa vie dans ce pays où l'on parle encore des êtres qui viennent du ciel ou de l'enfer, la nuit de préférence, pour persécuter les vivants. Des histoires de revenants, le pays en était plein.

Avec beaucoup de sérieux, Blanche dit :

– Tu me prends pour un fantôme, pas vrai ?

Il protesta, pour la forme, puis finit par lâcher :

– Reconnais qu'il y a de quoi s'étonner ! Tu ne donnes pas signe de vie pendant des années et tu arrives un soir, sans crier gare. La dernière fois que je t'ai vue, c'était à la mort de ton père. Et avant...

S'il ne continuait pas, il y avait de bonnes raisons ! Avant qu'elle ne l'aperçoive, au milieu de ceux qui suivaient l'enterrement, il s'était sûrement écoulé trente ans sans qu'ils se rencontrent.

Pourtant, il dansait bien, Michel, quand il avait vingt-cinq ans et elle à peine un peu plus ! Et il embrassait bien aussi, dans le chemin des pruniers... C'était au printemps de 1937. Mais, l'été suivant, Étienne était arrivé, avec son grand sac à dos et ses souliers de marcheur. Ce soir-là, dans la camionnette, elle aurait pu les sentir, les pruniers, si, juste à ce moment, le clocher de Mayral n'avait pas surgi, découpé sur le ciel encore un peu clair malgré la pluie tombant de plus en plus serré et le vent remplissant le ciel de tourbillons de nuages.

Michel ne disait plus rien et regardait la route avec beaucoup d'application. Elle pensa qu'il avait dû se souvenir de la même chose qu'elle.

Comme ils arrivaient aux premières maisons du village, il dit :

– J'y pense ! Où tu vas exactement ?

Quand elle lui répondit : « Aux Solitudes », elle crut qu'il allait remettre son camion en travers de la route. Mais une fois suffisait ! Il lança seulement :

– Ah ! Bon...

Il tourna autour de la croix du Sacré-Cœur et ajouta :

– Avec cette pluie, je ne sais pas si je pourrai aller jusque-là.

– Tu n'as qu'à me laisser à la sortie du village ; j'irai à pied.

– Tu es folle ! Tu vas pas aller aux Solitudes dans la nuit, le chemin doit être plein d'eau. Il doit bien y avoir un moyen de te loger. Tu peux venir chez moi, Gabrielle ne dira rien », et avec un soupir : « ... après tant de temps ! ».

Certes, tout avait changé avec le temps, mais pas Blanche, et se retrouver sous le toit de Gabrielle n'était pas envisageable. De toute façon, c'était aux Solitudes qu'elle allait, c'était la clef de cette maison qu'elle avait dans sa poche et serrait de temps en temps entre ses doigts. Elle répondit :

– Non ! Je te remercie, mais je veux coucher chez moi ce soir. Je reviens pour de bon, tu sais...

Il la regarda avec un drôle d'air, puis il soupira.

– Comme tu voudras. C'est ton affaire, après tout. Moi, ce que j'en disais... »

Ce qui ne l'empêcha d'ajouter, un moment plus tard :

– Tout de même, aller là, en pleine nuit... c'est une drôle d'idée !

Elle le regarda en souriant ; il haussa les épaules et ne dit plus rien. Qu'aurait-elle pu lui expliquer ? Ces idées qui lui étaient venues depuis la grande lumière ? La façon dont elle voyait la vie maintenant ? Et qu'aurait-il pu comprendre ? Il embrassait bien autrefois, c'est vrai, et il était gentil, mais il n'avait jamais eu qu'une idée en tête : partir d'ici, et acheter un petit magasin en ville ; une idée pareille c'était déjà beaucoup pour lui ! Il n'avait pas réussi, on le voyait à sa camionnette et aux yeux qu'il montrait par moments. Et puis, le connaissant trop bien, Blanche se disait que vivre depuis si longtemps avec Gabrielle ne devait pas être drôle tous les jours. Enfin, il ne la prenait plus pour un fantôme, il devait simplement se dire qu'avec l'âge elle avait perdu la tête, ce qui était plus banal et devait finalement le rassurer.

Pendant qu'ils parlaient, ils étaient entrés dans la rue principale du village. Les quelques lampadaires installés depuis sa dernière visite arrivaient tout juste à percer des paquets de brouillard apportés par la pluie et ressemblant à ces fumées crachées par le petit homme vert sur les boîtes de cataplasme Thermogène. Cela lui fit un drôle d'effet de passer ainsi devant les fenêtres éclairées derrière leurs contrevents. Il lui sembla qu'il y en avait moins qu'avant, moins qu'à l'époque où elle marchait dans les rues, juste avant la tombée de la nuit, pour ramener à sa mère du fil de chez la mercière ou quelque autre commission, en calculant qu'au retour il lui faudrait repasser devant chez Méline dont on prétendait que, dès minuit sonnant, juchée sur son balai, un chat noir sur l'épaule, elle s'envolait vers le vallon du Diable, à plus de dix kilomètres.

Cette peur-là permettait sans doute à Blanche de ne pas trop s'inquiéter des fenêtres et des portes closes quand elle longeait les murs, ni plus loin de la noirceur de la nuit sur le chemin. La maison de la Méline était encore loin et elle ne craignait pas les ombres des arbres et des haies : elle y jouait souvent et les aimait. Aujourd'hui, elle se disait que l'on devait parler d'elle, à cette époque, comme d'une enfant sauvage, une enfant des bois, mais jamais elle n'avait rien entendu à ce sujet : ils n'étaient pas de ceux à qui l'on parle, supposait-elle. Ne comptant guère, on les laissait à leur forêt et à leur solitude.

Deux ou trois personnes rentraient chez elles en courant, sauf une grande femme sous un parapluie. Pourtant il ne pleuvait plus beaucoup. Blanche ne les reconnut pas ; d'ailleurs, reconnaîtrait-elle grand monde ici ? Par moments, la pleine lune sortait entre les nuages. Michel, perdu dans ses pensées, se taisait.

Ils arrivèrent au bout de la rue où il habitait,

elle aperçut la grande maison de pierres et l'entrepôt en préfabriqué tout à côté. Là, autrefois, se trouvait une vieille grange très belle, mais le père de Michel, qui faisait aussi les légumes, l'avait démolie vers 1950 pour bâtir son affreux entrepôt. Combien de belles choses avaient déjà disparu ? Ça n'avait pas dû s'améliorer depuis tout ce temps.

Elle posa sa main sur le bras de Michel qui avait ralenti, et elle lui dit :

– Laisse-moi ici, je te prie.

Il répondit désabusé :

– Comme tu voudras...

Sachant ce qu'il allait dire, elle le coupa :

– Tu m'as déjà beaucoup avancée. Si tu veux à tout prix m'aider encore, garde ma valise dans ta camionnette et laisse-la, demain matin, au bout du chemin. J'ai ce qu'il me faut dans mon sac.

Il répéta :

– Comme tu voudras ! Mais ta valise, tu penses bien que je l'apporterai jusque... chez toi.

Elle lui serra le bras un peu plus fort, descendit et referma la portière. Elle attendit qu'il arrive devant chez lui et gare son camion dans la remise. Peu après, un chien aboya, une porte claqua. Blanche se retrouva seule au bord de la route.

Il était tard, elle se sentait lasse ; son sac lui

parut plus lourd. Elle marcha un moment vers les Solitudes avant de se retourner, à la sortie de Mayral, dont on voyait bien les lumières, le vent ayant nettoyé tout le brouillard. La pluie avait cessé de tomber et la lune éclairait la route luisante, entre les rangées de frênes, avant les prairies de la ferme d'Estival.

3

Elle marchait lentement à cause de la fatigue et aussi de son émotion à se retrouver, cinquante ans plus tard, seule en pleine nuit, sur la route montant vers leur maison, qu'elle avait, petite, si souvent parcourue. Les arbres avaient changé, seuls les chênes étaient déjà présents à son époque : ils traversent les siècles, elle l'avait appris. Les peupliers, eux, meurent au bout de trente ou quarante ans. Ils tombent lors d'un orage, d'un coup de vent un peu plus fort ; après, il ne reste que la souche, pourrie au milieu, de laquelle partent quelques repousses. Pour les autres, les hêtres et les frênes, elle ne se souvenait pas. Elle pensa qu'elle aurait pu apprendre le nom des arbres, l'âge qu'ils atteignent. Elle avait occupé son temps à autre chose ; elle le regretta, pourquoi tout à coup cela prenait-il tellement d'importance ?

Les escargots sortis avec la pluie brillaient sur

le goudron de la route. Quand Blanche était petite, elle partait les ramasser avec un panier à salade ou un sac en toile de jute. En les saisissant – ils étaient visqueux, elle n'aimait pas ça –, on entendait un petit ronflement de colère ou de peur ; en même temps, ils crachaient une mousse verte tout autour de l'entrée de leur fragile maison. Elle se rappela l'infinie variété de leurs couleurs : gris, jaunes ou marron, certains mouchetés, d'autres zébrés de bandes noires enroulées en spirale. Une fois à la maison, elle les mettait dans une espèce de cage à lapins où on les gardait pendant quinze jours, sans les nourrir, pour les faire jeûner afin qu'ils soient propres quand on les mangerait. Entassés dans cette boîte grillagée, les uns sur les autres, ils y restaient jusqu'à ce que son père fasse griller les plus gros sur des braises ou que sa mère les prépare « à l'américaine », comme on disait, avec de la sauce tomate, des herbes et des carrés de lard de poitrine.

Ce pauvre plat était, pour eux, un luxe et elle eut, un instant, l'impression de se tenir de nouveau autour de la table, avec entre les doigts l'aiguille à coudre servant à les extraire de leur coquille et sur les lèvres la sauce « américaine » qui poissait et qu'elle ramassait avec le bout de la langue.

En continuant à avancer sur le chemin, elle sentit cette odeur de terre et de feuilles mouillées qu'elle avait oubliée. Avec Étienne, de temps en temps, le dimanche, ils allaient se promener au parc Monceau, mais jamais elle n'avait retrouvé la même odeur. Peut-être les fumées des usines retombant sur Paris ou les gaz des voitures l'en empêchaient-ils, peut-être les arbres des villes avaient-ils fini par perdre leur odeur, comme cela arrivait aux gens avec ces produits chimiques qu'ils se mettaient sur la peau.

Toutefois, en y repensant, elle se souvint qu'un jour, en automne, ils se promcnaicnt tous les deux, au parc Monceau, justement. Ils marchaient côte à côte sans parler. Au détour d'une allée, elle avait vu un marronnier immense couvert de grandes feuilles dorées. Un silence extraordinaire régnait tout autour, pourtant elle distinguait dans les branches des dizaines d'oiseaux. A cet instant, l'odeur des sous-bois « d'autrefois » était montée vers elle. Elle s'était arrêtée brutalement : cela faisait si longtemps qu'elle ne l'avait pas sentie. Et cet arbre était si beau ! Elle avait regardé son mari, lui aussi l'avait vu, il s'était tourné vers Blanche et lui avait offert le plus magnifique sourire qu'elle ait jamais reçu. Puis il avait pris sa main sans rien dire, l'avait serrée très fort : ça voulait dire « Je t'aime », son plus merveilleux « Je t'aime ».

Le long du chemin des Solitudes, flottaient aussi les autres odeurs de la campagne, répandues par les étables et les cours de fermes. Devant Le Caussanel, la lune éclairait bien à cet endroit où il n'y a pas d'arbres, elle constata que maintenant les paysans couvraient leurs tas de fumier avec des bâches en plastique sur lesquelles ils posaient des pneus pour éviter qu'elles ne s'envolent. Mais l'odeur, très forte, était la même, pas désagréable pour les gens comme elle, évoquant des temps oubliés.

Le Caussanel est la première ferme à la sortie du village. Là, autrefois, vivaient les Bessou, une grande famille. Valentine, sa meilleure amie, en venait. « Qui sait ce qu'elle est devenue ? » se demanda Blanche. La dernière fois qu'elle l'avait vue, pour l'enterrement de son père où décidément tout le monde s'était donné rendez-vous, elle avait eu du mal à reconnaître, dans cette grosse femme sûre d'elle et habillée avec beaucoup de mauvais goût, la fillette ravissante avec qui elle avait couru la campagne durant toutes ces années.

Chaque jour, son amie l'attendait à l'entrée de l'autre chemin qui conduisait chez elle, un peu plus haut, dans des prairies de luzerne bleue, près de la croix de Martin où Blanche passait forcément pour aller à l'école. Valentine se cachait derrière un noisetier énorme : sa famille ne la voyait pas d'un très bon œil fréquenter la fille de Brunel, trop pauvre et trop original. Il faut dire qu'ils étaient riches, les Bessou ! Alexandre, le grand-père de Valentine, dominait, de sa grosse voix et de ses cent kilos, toute sa famille : quatre fils, les brus, et une ribambelle d'enfants. Ils avaient une grande propriété, très morcelée, des champs et des pâtures ici et là ; en fait, c'était commode : Alexandre pouvait envoyer ses fils travailler telle ou telle parcelle sans qu'ils se marchent sur les pieds.

Le jeudi, Valentine venait chercher Blanche. Alors, elle ne se cachait pas. Quand elle arrivait aux Solitudes, son père et sa mère l'accueillaient amicalement. Blanche entendait souvent dire à son père que tous les hommes étaient égaux. Mais elle savait bien que non. Devant Valentine, elle avait honte de leur pauvre maison, de leur misère. Aussi, le plus souvent, l'attendait-elle sur les chemins, dans ce grand domaine de la campagne qui appartenait à tout le monde ; en tout cas, elle s'y sentait chez elle et l'estimait plus beau que tous les royaumes de la terre, et même ces pays lointains dont parlait monsieur Pouget en les leur montrant avec une longue canne en roseau, sur la grande carte de géographie, accrochée sur le mur de la salle de classe.

Le père de Valentine avait été tué en 1915 aux Éparges. Sa mère l'élevait dans la grande maison du Caussanel, au milieu de toute la famille. Son amie racontait souvent à Blanche comment sa mère devait trimer dur pour compenser l'absence du mari. Elle venait du côté de Marcillac et n'avait jamais pu se faire aux rudes manières de son beau-père. Un jour, elle avait voulu rentrer chez elle, chez ses parents, mais le vieux Bessou comptait sur Charles, le frère de Valentine, pour prendre un jour la place de son fils, le héros de la guerre dont on entretenait le souvenir : il faisait honneur à la famille tout entière et son couvert était mis à son ancienne place à table, comme s'il allait rentrer d'un moment à l'autre.

Quand Alexandre Bessou était mort, on avait cru que Léon, le fils aîné, dont on disait qu'il « faisait la vie avec des femmes », serait incapable de mener la ferme. Mais tout le monde en avait été pour ses frais. En un an, il avait pris en main Le Caussanel et fait régner le même ordre impitoyable que son père. Quelques années plus tard, la ferme agrandie par son travail acharné était devenue une des plus belles du pays. Un soir, Léon, le nouveau maître du Caussanel, avait enlevé devant toute la famille le couvert de Lucas, le père de Valentine.

Quand elles se retrouvaient, après avoir joué à se cacher derrière les haies d'aubépines et les bosquets de viornes, Valentine et Blanche partaient sur les chemins. Au printemps, elles ramassaient des fleurs et confectionnaient des guirlandes. Elles les posaient sur leurs têtes avec force courbettes et cérémonies, imitant les princesses des cours d'Europe sur les photographies de vieux numéros d'avant-guerre de *Je sais tout*, trouvés par Valentine dans le grenier du Caussanel. Au vrai, elles étaient des princesses alors, et il aurait suffi de peu pour que ces rêves deviennent des réalités. Elles étaient très jolies toutes les deux et un prince charmant qui serait passé par là n'aurait sûrement pas résisté à leurs guirlandes et à leurs sourires.

Après Le Caussanel, la route monte entre les haies de noisetiers ; à travers celles-ci, passent les longs doigts du chèvrefeuille sauvage dont l'odeur des fleurs se répand le soir, quand il a fait chaud pendant la journée ou quand il a plu, comme cette nuit du retour de Blanche. Elle marchait au milieu de la route pour éviter les orties qui poussent dru le long des haies, surtout près des fermes, à cause des écoulements de purin dans les ruisseaux. Autrefois, Blanche connaissait toutes les plantes et les fleurs du bord des chemins. Aujourd'hui, à peine si elle se souvenait de quelques-unes, telles les orties ou encore les saponaires dont elles frottaient entre leurs doigts des paquets de fleurs qui finissaient par mousser un peu et leur faire les mains toutes blanches comme celles des dames quand elles ôtent leurs gants.

A Paris, les seules plantes qu'elle voyait en dehors de celles des jardins publics étaient les géraniums et les fleurs en pots de Mme Florès. Elle en avait plusieurs rangées alignées devant chez elle, et Blanche l'apercevait de sa fenêtre, en train de les arroser le matin, ou d'enlever les feuilles séchées. Elle faisait aussi pousser, dans des boîtes de conserve, des plantes pour la cuisine : de la menthe, du thym et toujours un plant de basilic :

– C'est pour la soupe au pistou, madame Blanche, et celui-là, il est pas « frétillé », comme ceux qu'on fait pousser avec les choses de la chimie...

Elle voulait dire « frelaté », sans doute, avec elle comment être sûr ?

Cette portion de route entre les noisetiers grimpe dur et Blanche savait qu'au sommet de la côte il y aurait le débouché sur les champs de Combelidat, l'immense propriété qui avait pris presque toute la terre autrefois et l'avait gardée. Avant cela, il fallait arriver aux deux grands chênes. Quand elle les vit se dresser au même endroit, elle fut rassurée : elle craignait qu'on ne les ait abattus, comme on le fait si souvent un peu partout, pour agrandir un passage étroit. Non, ils étaient là, puissants comme autrefois et remplis d'oiseaux qui firent du remue-ménage à son approche. Entre eux, il y avait toujours la croix en fer avec, dans une niche au milieu du piédestal, une statue de la Sainte Vierge dont on repeignait chaque année la robe bleue. Elle ne vit plus le bocal dans lequel on mettait des bouquets de fleurs sauvages. Elle n'avait pas été la dernière, espérant elle aussi que la Bonne Dame exaucerait ses vœux : toute petite, qu'il y ait davantage de sous à la maison et que son père ne soit pas obligé de partir si loin vendre ses paniers ou ses fromages ; plus grande, que ses fiancés ne l'oublient pas, n'aillent pas danser avec Jacotte ou Julie toujours vêtues de plus belles robes que les siennes, maquillées de rouge à lèvres et de poudre de riz, dont personne chez elle ne connaissait l'usage ; des « amies » qui n'en étaient pas la regardaient de haut ou parlaient dans son dos, elle s'en rendait bien compte, parce que Blanche avait une seule paire de chaussures pour sortir et encore : celles de sa mère, le jour de son mariage.

La disparition du bocal la toucha... aussi surprenant qu'il paraisse de prêter attention à de pareils détails, en pleine nuit, alors que, harassée de fatigue, on arrive tout juste à porter son sac et on a pourtant encore un bon bout de chemin à faire sur le plateau avant d'arriver.

Le vent avait chassé les nuages depuis qu'elle avait quitté le village. A présent, il couchait les prairies ouvertes après les chênes. A cet endroit les arbres ont été abattus, il y a longtemps, pour laisser le plus possible d'espace libre aux cultures. Blanche se rappela qu'on en parlait comme de la meilleure terre du pays pour le seigle. Elle ignorait si on en semait toujours ; en tout cas, ce qui poussait là aujourd'hui était bien joli à regarder, quand le vent le couchait sous la lune et que la lumière roulait dessus en grandes vagues gris argent.

Après les champs découverts, on entre dans les bois. Tout de suite, la maison de la Méline apparaît, dans la première clairière. Blanche n'avait plus peur. Il y avait longtemps que la Méline était morte et Blanche avait grandi. Enfin elle le croyait, sans en être tout à fait sûre. Elle était vieille à présent, elle le savait, mais chaque heure qui passait lui donnait l'impression de se retrouver davantage dans la peau de la petite fille qu'elle avait été. Elle craignait même, par moments, de devenir folle. Mais non ! Tu as eu raison, Blanche, qu'aurais-tu fait à Paris toute seule jusqu'à ta mort ? Car tu sais bien : seule la mort t'attendait là-bas. Ça te faisait peur, souviens-toi ! C'était vrai : elle se réveillait souvent en pleine nuit avec une angoisse brutale lui serrant la poitrine. Alors elle se levait, allait à la fenêtre d'Étienne, mais il n'était plus là. Elle regardait dans la rue, en se demandant, encore une fois, ce qu'il pouvait y voir d'intéressant, pendant les heures qu'il passait sur sa chaise, sans dire un mot. Sauf une fois, ça lui revint. C'était en hiver, un an avant sa mort ; depuis longtemps déjà il restait, immobile et muet, devant la fenêtre. Il avait neigé toute la matinée et, en face, on voyait les toits blancs avec des traînées noirâtres de suie dégoulinant des cheminées. Blanche avait regardé la rue dans la même direction que lui. Les gens marchaient vite, leurs cols de manteaux relevés. Les bancs du square étaient couverts de neige et une troupe de moineaux courait de tous côtés autour du bassin. Cela lui avait, une fois de plus, paru sans grand intérêt et elle s'était encore demandé comment il faisait pour rester des heures devant ce spectacle. Elle avait haussé les épaules avant de retourner vers la cuisine. A ce moment, elle avait entendu sa voix désormais faible et craintive. Un mot seulement : « Blanche... » Il y avait si longtemps qu'il ne l'avait pas appelée comme ça et même qu'il n'avait pas prononcé une parole ! Elle avait cru rêver, ou s'être trompée, et n'avait pas bougé. Mais elle avait entendu une autre fois : « Blanche... », encore plus faiblement, mais elle était sûre : il avait vraiment prononcé son nom. Elle s'était tournée vers lui, sans répondre, tant elle était saisie. Le regardant bien en face, elle avait retrouvé son regard à lui, son regard clair et tendre comme avant, des années et des années avant. Elle avait fait un pas, mais ç'avait été comme si elle avait mis le pied dans une flaque de pluie : l'éclat de ses yeux s'était voilé tout de suite, on l'aurait cru en larmes. Non, il ne pleurait pas, il n'était pas triste, il était simplement loin à nouveau. Ils étaient restés là l'un et l'autre, si près et si éloignés à la fois. Ç'avait été le dernier mot que Blanche lui avait entendu prononcer. Elle n'avait pas insisté ; déjà tourné vers la fenêtre, il avait repris son occupation habituelle. Depuis des mois, Blanche avait abandonné la lutte, cessant de lui « crier après » pour qu'il lui réponde. C'était sa maladie, le médecin le lui avait expliqué ; il avait appelé ça de la mélancolie et un autre mot qu'elle n'avait pas compris mais qui était inscrit sur les papiers pour la Sécurité sociale. D'après le médecin, si elle le souhaitait, on pourrait placer Étienne dans une « maison de repos ». Elle n'avait jamais accepté, n'ayant pas d'illusions : il parlait d'un asile. D'ailleurs, son mari n'était pas embêtant et faisait tout ce qu'elle lui disait. Simplement, jamais il ne lui répondait, jamais il ne parlait, sauf cette fois.

Un an plus tard, il était mort, doucement, sans faire plus de bruit, sur sa chaise. L'hiver était revenu et Blanche l'avait accompagné au cimetière avec Mme Florès, la seule personne qui puisse venir avec elle. Il neigeait, là aussi, mais cela formait seulement de la boue sur les trottoirs. Elle avait pris un taxi qui lui avait coûté « les yeux de la tête », selon l'expression de la boulangère. Le corbillard allait à toute allure, on aurait dit que ces gens étaient pressés de s'en débarrasser. Elles avaient traversé la moitié de Paris derrière la voiture des pompes funèbres pour mettre Étienne au cimetière, en attendant que Blanche ait des sous pour le déplacer à Saint-Rémy-de-Provence, à côté de ses parents, ce qu'elle avait pu faire deux ans plus tard.

Ce n'est que le soir, au moment où Mme Florès l'avait quittée, après lui avoir apporté une portion de chou farci, que Blanche avait réalisé qu'elle était seule pour de bon : Étienne était loin, là-bas, à l'autre bout de Paris, et il ne monterait jamais plus la garde près de la fenêtre. Alors elle avait pleuré, elle croyait que ce petit supplément de solitude serait difficile à supporter.

Cela faisait dix ans qu'Étienne était mort et le temps s'était écoulé plus vite qu'elle ne l'imaginait au début. Dix ans pendant lesquels elle avait à peine eu le loisir de s'ennuyer, tellement elle avait ses habitudes. Au fond, qu'il soit là ou non ne changeait rien à sa vie. Sauf quand elle regardait vers la fenêtre : elle ne voyait plus sa silhouette tassée sur la chaise et sa tête penchée, avec la bouche entrouverte, pour mieux voir la rue où il ne se passait jamais rien.

Il ne restait pas grand-chose de la maison de la Méline. Seul un pan de mur se dressait encore, à l'endroit où habitait autrefois cette femme crainte par tout le monde, même par les fortes têtes qui ricanaient en entendant raconter à son sujet des histoires à faire dresser les cheveux. Le grand châtaignier se voyait de loin lorsqu'on arrivait par le chemin du village ; à présent il n'en subsistait que deux branches courtes, comme des moignons. Au pied, quelques repousses avaient tenté de refaire un arbre mais n'y parvenant pas, s'étaient multipliées et formaient maintenant un bosquet dont les rameaux pointaient à travers la dernière fenêtre, ouverte sur le néant.

A partir de chez la Méline, pour arriver aux

Solitudes, il reste encore un demi-kilomètre de chemin entre les haies. Après, un dernier bout de route mène au champ de Fargues où commençait le domaine de Blanche, petite fille.

A ce moment, la nuit aurait été noire sans la lune, ronde, un peu rousse, éclairant si bien que les étoiles parvenaient à se montrer seulement dans le bas du ciel. Blanche les apercevait entre les branches des noisetiers bordant le chemin. Le vent secouait toujours la cime des chênes et des fayards comme s'il s'en servait pour balayer les derniers nuages.

La pluie ayant mouillé la campagne, les odeurs du printemps montaient les unes après les autres, par vagues, jusqu'à Blanche. Elle distingua facilement le parfum du sous-bois de celui des champs où les fleurs se mélangent à l'herbe.

A présent, elle était épuisée, son sac lui sciait l'épaule, ses souliers de ville lui serraient les pieds et la gênaient pour marcher sur cette route où, de temps en temps, elle trébuchait dans un nid-de-poule.

Elle fut surprise en arrivant au champ de Fargues : il lui sembla beaucoup plus petit que dans son souvenir. Elle douta du chemin qu'elle avait pris. Pourtant, tout, à cet endroit, était bien comme avant. De la crête où elle se tenait, elle apercevait en arrière d'elle, dans le trou noir du vallon, les lumières pâles et tremblantes de Mayral. A cet endroit, le chemin tournait selon le même angle droit avant de filer vers La Cancelade où brûlaient aussi deux ou trois lampes. Sur la gauche, derrière un chêne, elle reconnut, assez loin, au bout de quelques champs coupés de haies, l'ombre de la ferme des Fargues. Surtout : le chemin de terre vers les Solitudes commençait à ses pieds, après une barrière de barbelés qui existait depuis toujours et qu'on devait ouvrir pour aller jusqu'à la maison.

Elle comprit : si le champ lui paraissait maintenant rétréci, c'est qu'elle-même avait beaucoup grandi. Petite fille, il lui fallait monter sur le talus pour en voir l'extrémité.

Une bouffée de joie, immense, envahissante, la jeta en avant. Elle ne sentait plus ni son épaule meurtrie par la courroie du sac ni la souffrance de ses pieds. D'ailleurs, dès qu'elle se mit à courir, après avoir levé la barrière sans prendre garde aux épines d'acier, elle perdit ses souliers. Et c'est pieds nus qu'elle se précipita vers les Solitudes, vieille femme de soixante-quinze ans, emportée par cette joie de revivre comme autrefois quand elle courait, plus vite et mieux – mais pas plus ardemment –, vers sa maison.

Elle s'arrêta quatre ou cinq fois pour reprendre haleine et sentit un goût de sang dans sa bouche. Cela n'avait pas d'importance, elle courait quand même vers son but dont elle devinait la présence dans le creux, après la prairie.

En arrivant à la lisière du bois, elle se perdit un peu. Elle réussit cependant à retrouver le chemin dans les hautes herbes, il était devenu plus étroit, à peine large comme deux mains, mais il était là. Lorsqu'elle était venue pour enterrer son père, les deux arbres qu'elle dépassait – « des trembles », se dit-elle – se trouvaient à cet endroit, même s'ils étaient alors plus minces.

Peu après elle s'arrêta, écouta dans le vent les gémissements de la forêt. Elle eut l'impression qu'on l'appelait, qu'on lui parlait ; que quelqu'un lui disait : « Viens ! Viens, Blanche ! Viens vite ! Nous sommes là ! Il y a longtemps que nous t'attendons ! »

Ils l'attendaient tous ! Elle revit leurs visages dans la nuit encore obscurcie au bout de quelques mètres par les branches surplombant le chemin : un long tunnel noir dans lequel elle continua d'avancer, mais sans courir tant l'émotion lui coupait le souffle. A partir de là, elle marcha à nouveau avec beaucoup de sûreté, sachant à quel moment le sentier tournait un peu, à cause d'un gros rocher ayant roulé autrefois depuis le haut du bois, à quel moment il remontait ou descendait vers les fonds. Rien n'avait vraiment changé, malgré les arbres plus imposants, les herbes plus hautes et les broussailles qui avaient presque tout envahi depuis que son père, le dernier occupant des Solitudes, ne les détruisait plus au dragon.

Tout à coup, il y eut l'espace cerné de la clairière et, au fond, la maison !

Blanche était arrivée.

Ses yeux se remplirent de larmes, à cause d'une grande peine qui l'envahissait. Elle était là, debout dans la nuit, comme la dernière fois qu'elle était venue. Mais cette fois-là, elle n'était pas seule – les femmes du voisinage entouraient son père mort. Et surtout, ce n'était pas pour toujours qu'elle arrivait aux Solitudes. Elle eut la sensation que quelque chose s'achevait – « Peut-être ma vie... » pensa-t-elle. Mais non ! Si peu de temps qu'il lui soit accordé, ce serait un merveilleux voyage, plus beau, bien plus beau, que tous ceux qu'elle avait faits : elle venait retrouver la fillette qui était née ici – longtemps une étrangère, de nouveau elle-même, comme si elle venait de renaître.

La maison, petite et trapue, occupait devant elle le fond de la clairière. Elle n'osait pas trop s'en approcher encore. Puis elle reconnut, dans l'arbre qui la couvrait de ses branches parfaitement immobiles, le noyer planté par son père quand elle était née.

Elle alla vers lui, tendant ses bras comme s'il

lui tendait les siens. Elle serra son tronc entre ses paumes, contre sa joue et sa poitrine, l'écorce lui râpa la peau, elle sentit une odeur très douce. Elle le serra encore de toutes ses forces, de tout son amour.

4

La simple poussée sur la clé pénétrant dans la serrure ouvrit la porte. Blanche croyait pourtant l'avoir refermée, après l'enterrement de son père. Bah ! Il n'y avait guère à voler, aux Solitudes. De toute façon, on ne ramassait plus de fagots dans les boucles de l'Aveyron depuis des années ; il ne devait pas passer grand monde sur ce sentier.

A l'intérieur, il faisait très noir mais il n'était pas nécessaire non plus qu'elle y voie. Il lui suffit d'un pas dans l'obscurité à peine troublée par la faible lumière de la lune traversant la vitre sale de la petite fenêtre. Ce fut un moment difficile ; elle était en larmes, elle n'en pouvait plus. Un seul pas et, balayant celle de renfermé des maisons inoccupées, toutes les odeurs revinrent les unes après les autres. Elles vivaient comme autrefois, elles saisissaient Blanche, seule dans ce monde à pouvoir encore les reconnaître.

Peut-être, à cet instant, aurait-elle encore pu repartir – il lui arriva parfois, ensuite, de penser qu'elle aurait dû s'enfuir alors. Mais elle était à bout. En tâtonnant autour d'elle dans le noir, elle sentit craquer les fanes d'une paillasse sous ses doigts. Elle se coucha là, sans chercher à en savoir plus sur l'état du lit. D'un coup, le sommeil l'abattit. Elle dormit mal, fit des cauchemars, se dressa plusieurs fois, couverte de sueur. Le matin, le soleil entrant à flot par la fenêtre la réveilla.

Elle resta allongée un moment. Elle était couchée sur la paillasse de son père, celle du grand lit en noyer placé contre le mur du fond. Un rideau qu'on tirait le soir le séparait autrefois du reste de la pièce. C'était le lit de ses parents, celui où Blanche était née.

Autour d'elle, sous l'accumulation grisâtre de poussière, rien n'avait changé malgré tout ce temps. Elle était émue, bien sûr, mais avant tout stupéfaite : les années n'avaient guère modifié les apparences de cette pièce où ils avaient vécu, ses parents et elle.

Elle retrouva les meubles, trop ordinaires pour attirer ces brocanteurs qui, paraît-il, sillonnaient les campagnes à la recherche de mobilier rustique. A côté du lit en noyer, elle vit la petite armoire étroite où sa mère rangeait les pauvres trésors de son ménage, son mince trousseau de quatre draps métis. Jeune fille, elle les avait brodés de ses initiales : L.C., parce qu'elle s'appelait Lucie Combes, avant d'épouser son père.

Sur le mur du nord, le cantou, l'espace autour du foyer, était assez grand pour qu'on puisse s'y asseoir devant le feu pendant les veillées. Mais la maison était petite et la cheminée moins vaste qu'ailleurs ; ils devaient s'y serrer tous les trois, durant l'hiver. Là, elle avait senti les bonnes odeurs d'autrefois, celle de sueur et de tabac de son père, celle de l'eau de Cologne à deux sous de sa mère. Et elle devinait, pourtant, que même en les retrouvant aujourd'hui, toutes les odeurs de cette maison ne recréeraient jamais plus la douceur infinie qui baignait les soirs d'hiver de son enfance, autour du cantou.

Cinq grosses poutres, patinées, noires de fumée, traversaient la pièce. Sur celle du milieu, étaient cloués les crochets où l'on pendait les victuailles que ses parents réussissaient à grand-peine à acheter et qu'ils conservaient ainsi, accrochées à de gros clous forgés de charpentier : de la saucisse sèche et des morceaux de lard. Parfois, les bonnes années, on y ajoutait un jambon. Sa mère, fière de cette acquisition, l'utilisait entièrement sans en perdre une miette. D'ailleurs, les miettes, on n'en perdait guère ici. Jeter la nourriture dans les poubelles, et surtout le pain, vous ouvrait droit la porte de l'enfer.

Au-dessus de l'étagère de la cheminée, était fixé un rameau de buis bénit. Les larmes vinrent aux yeux de Blanche quand elle le vit, sec et poussiéreux ; c'était le dernier que sa mère avait cueilli, puis porté à l'église pour le faire bénir, le dimanche avant Pâques, l'année où elle était morte.

Le lit de ses parents était maintenant séparé du reste de la pièce par une cloison en planches sur laquelle sa mère avait punaisé deux chromos. Au-dessous, il y avait autrefois des poches en carton où l'on mettait les rares lettres arrivant jusqu'aux Solitudes, la plupart du temps ces factures que son père avait tant de mal à payer. Les deux chromos étaient là, les poches avaient disparu. Une des images représentait une coupe de fruits en faïence, telle, sans doute, que sa mère rêvait d'en posséder une. Sur l'autre, au bord d'un lac ou d'une grande rivière – c'était difficile à distinguer, bien que l'image soit mieux conservée que celle de la coupe dont les couleurs étaient passées –, un berger très beau menait boire son troupeau. Peut-être sa mère avait-elle rêvé aussi en regardant ce jeune homme, elle dont le grand amour s'était changé, au fil des années, en un homme usé par le travail et les privations. Pourtant, Blanche savait que jusqu'à sa mort il était resté son grand amour. Mais il est permis de rêver un peu, la vie se charge, elle, de détruire les êtres et les choses, leur brillant, leur beauté ! Elle-même aimait bien regarder à la télévision ces jeunes hommes dans leurs costumes étincelants. Les chansons qu'ils chantaient ne lui plaisaient pas souvent, mais ils la faisaient rêver alors que celui qu'elle aimait toujours, elle aussi, du même amour très pur de leurs vingt ans regardait les gens passer dans la rue, sans même paraître la voir ni l'écouter quand elle s'approchait pour lui parler, aussi doucement que possible, lui dire les choses tendres. Elle aurait été tellement heureuse qu'il les entende.

En face d'elle, la fenêtre formait un rectangle lumineux au milieu du mur dont l'enduit comme mité se détachait par plaques. Le soleil entrait au-dessus des premières vitres. Blanche voyait les arbres se balancer doucement au ras du toit, de petits rameaux raclaient le bord des lauzes. Sous la fenêtre, l'évier en pierre était rempli de débris de bois et de salpêtre. Quelques ronces avaient réussi à se glisser par une vitre cassée ; privées de lumière, elles avaient séché avant de retomber sur l'auge de pierre de l'évier. Devant celui-ci, une chaise renversée perdait sa paille. Tout était ainsi dans la maison. Blanche, occupée par ses souvenirs, ne l'avait pas remarqué tout d'abord. Une pièce remplie de décombres et d'objets brisés, voilà où elle se trouvait. Seuls les meubles semblaient avoir résisté et survécu au passage dévastateur du temps.

Un immense découragement l'envahit et elle désira violemment s'enfuir de cette espèce de piège dans lequel elle avait l'impression d'être tombée ; qu'elle s'y soit précipitée elle-même ne le rendait pas moins terrifiant. Son cœur se serra à voir ces dépouilles abandonnées qui évoquaient des choses et des gens détruits à jamais. Elle s'était trompée en imaginant que la vie pourrait revenir dans ce lieu où le temps avait accumulé non seulement la poussière et la saleté, mais quelque chose de plus terrible et qu'elle ne parviendrait pas à vaincre, c'était évident. Elle était venue affronter l'oubli. Déjà elle se disait que la lutte était inégale, qu'elle perdrait.

Elle resta longtemps ainsi, s'étant peut-être rendormie. Quand elle vit à nouveau le spectacle misérable qui l'entourait, le soleil avait réchauffé la pièce et s'était posé sur le lit où elle était allongée.

Dans quel état était ce lit ! Sur la paillasse éventrée, à côté de Blanche, gisait un parapluie dont les baleines avaient lâché. Comment ne l'avait-elle pas vu en se réveillant la première fois ? Au pied du lit, dans un tiroir retourné, elle vit des images, des photos, quelques papiers. Une gouttière s'était formée dans le toit juste au-dessus, sans doute colmatée à la fin par les feuilles du noyer car les papiers étaient tachés mais secs. En se levant, Blanche porta le tiroir sur la table. Y trouverait-elle ce qu'elle cherchait : une trace de la vie de ceux qu'elle comprenait mieux – elle s'en rendait trop bien compte – aujourd'hui qu'ils étaient depuis longtemps sous la pierre du cimetière qu'à l'époque où, petite fille adorée, ils l'entouraient de leur amour maladroit et sans limites.

Sur la table, la poussière s'était accumulée encore davantage qu'ailleurs, mais, en frottant un peu avec le dos de la main, elle vit qu'au-dessous, le bois sombre était en bon état. Le soleil, ayant un peu tourné, vint s'y poser, un éclair brillant s'y glissa même. Au milieu, des tas d'objets s'étaient, eux aussi, accumulés. Blanche ne se souvenait pas de les y avoir aperçus quand elle était venue enterrer son père. Quelqu'un était donc entré ici depuis cette date. Elle conclut à un simple maraudeur. Il avait dû tout retourner avant de constater qu'il n'y avait rien à voler. Deux ou trois fioles contenaient encore les lotions et les brillantines que son père emportait lorsqu'il allait faire le coiffeur dans les fermes et dans l'arrière-salle du café de Mayral où, le samedi soir, le père Bruges le laissait s'installer pour couper les cheveux de quelques clients économes de leurs déplacements.

Ces innocentes reliques frappèrent Blanche comme la foudre. Son découragement fut balayé, découvrant une certitude : elle avait eu raison ! Abandonner maintenant ? Comment avait-elle pu seulement l'envisager un moment plus tôt ? Si elle manquait de courage, il lui suffirait de penser à la vie extraordinairement dure de son père. Se rappeler, par exemple, qu'après une semaine passée à courir sur les chemins derrière les bêtes, à tailler des fagots dans les bois ou à tresser ses paniers jusqu'à la nuit, quand il pleuvait, il avait encore ce travail de coiffeur qui lui rapportait un peu d'argent frais. Il secouait les épaules, désarçonnait sa fatigue et trouvait encore assez de forces au fond de lui pour aller à pied jusqu'à Mayral couper des cheveux, tenter de vendre ces lotions capillaires dont les épaves traînaient devant elle dans la crasse des Solitudes.

Blanche se souvenait très bien de l'homme qui les lui fournissait. Rigal passait trois fois par an. Laissant son auto au bout du chemin, il arrivait avec une grosse valise. Il trouvait toujours le mot qui amusait sa mère. Sans doute afin qu'elle le soutienne auprès de son mari, il lui apportait à chaque fois un magazine de nouveautés. Rigal se vantait lui-même d'être un « spécialiste en grimaces » et Blanche voyait encore sa figure changer à volonté avec ses sourcils relevés et sa bouche tordue dans tous les sens ; bien sûr, elles riaient, et sa mère au moins autant qu'elle. Après les avoir mises dans sa poche, Rigal extorquait facilement une commande à son père, qui aurait toutes les peines du monde pour l'écouler ensuite dans les fermes où il allait coiffer. Les gens ne s'intéressaient guère aux articles de luxe, dans ce temps ; ceux qui en avaient envie se les procuraient en ville ou, à la rigueur, sur le marché d'Albagnac, les jours de foire.

Des années plus tard, Blanche avait entendu parler de nouveau de Rigal. Il avait été tué par les Allemands, alors qu'il transportait dans sa valise de représentant des armes pour les maquisards dont les camps étaient établis sur l'ubac face aux Solitudes, de l'autre côté de la rivière. Avec ses grimaces et ses bouteilles, il n'avait pourtant pas l'air d'un héros. Comme disait Mme Florès, une spécialiste en proverbes : « Il ne faut pas se fier aux apparences ! »

Ainsi, Blanche retrouva son courage à imaginer son père partant faire le coiffeur.

Parfois, le samedi soir, s'il était de bonne humeur et si Blanche avait bien travaillé à l'école, il l'emmenait avec lui. D'une main il portait sa mallette et de l'autre serrait les petits doigts de sa fille pour qu'elle n'ait pas peur quand ils passaient au milieu des bois, par les raccourcis obscurs qu'il connaissait. Il leur fallait du temps pour arriver et, surtout, ils partaient tard, après avoir soigné les bêtes et dit au revoir à sa mère, comme s'ils se mettaient en route pour une grande expédition. D'ailleurs, c'en était une pour elle et ses courtes jambes. A cause de l'obscurité qui les entourait dès qu'ils pénétraient dans la forêt où les nocturnes commençaient leur chasse, Blanche craignait toujours de voir surgir quelque diable, même sur les chemins secrets de son père qui étaient souvent ceux des caches à champignons où elle était la seule à aller avec lui – en fait, il était plus sûr de sa peur des bois noirs que de sa capacité à garder un secret. Elle était soulagée en voyant les lumières du village et davantage encore quand elle entendait la musique. Elle partait en courant vers le café et, arrivée là, elle restait fascinée par la lumière coulant de la vitrine jusqu'au milieu de la rue, par les gens attablés dehors à la belle saison, par la grande taille du père Bruges servant ses clients, un grand torchon blanc noué autour de la taille et criant les commandes à sa femme. Le temps que Blanche s'émerveille et son père arrivait à son tour. Sans s'arrêter – le bruit et la lumière ne l'impressionnaient plus depuis longtemps –, il traversait la salle envahie de fumée de Caporal, et prenait place dans un renfoncement à moitié isolé par un rideau. Il déballait son matériel, les ciseaux, le rasoir affûté longuement à la maison sur une lanière de cuir attachée à leur porte et qu'il repassait encore à l'aide d'un affiloir à manche de corne pour impressionner les futurs clients. Ensuite, il tirait de sa mallette les petits flacons et les disposait de la façon qu'il jugeait la meilleure pour les vendre. Il portait une blouse grise en ratine, courte jusqu'à la taille, qu'il attachait dans son dos. Alors, devant tout son attirail, il attendait que se présente le premier client. Comment Blanche oublierait-elle cette image de son père debout et attendant, les bras croisés ?

Comment, plus encore, oublierait-elle ce jour terrible, pendant l'hiver de ses dix ans ? Il ne restait plus de sous à la maison. Blanche avait vu sa mère ouvrir et refermer, déçue, la boîte en fer-blanc où elle serrait les économies du ménage. Malgré le froid et la glace des chemins, son père l'emmena avec lui, ce samedi-là. Sa mère avait essayé en vain de le faire changer d'avis, de garder sa fille avec elle devant le feu.

Quand ils arrivèrent sur la place, les vitres du café, faïencées de givre, ne brillaient pas, elles posaient juste quelques taches de lumière jaune sur la neige salie, sur les flaques changées en verglas par le froid. Cette fois, son père ne lui lâcha pas la main. Elle le suivit, les pieds glacés dans ses vieilles chaussures d'hiver bourrées de paille qu'on achetait toujours beaucoup trop grandes pour qu'elles tiennent le plus longtemps possible.

Dans la salle, il n'y avait guère de monde ; même le père Bruges et sa femme paraissaient tristes. Mais Joseph fit comme d'habitude. Il alla au fond de la salle, installa son matériel et attacha sa blouse. Puis, les bras croisés, il attendit. Blanche, assise sur une chaise à côté de lui, baissait la tête. A unc tablc, quatre hommes qui n'étaient pas du village jouaient à la belote. L'un d'eux dit, à un moment, quelque chose qu'elle ne comprit pas. En regardant son père, elle vit son visage se fermer un peu plus. Des gens entrèrent, ressortirent, sans qu'aucun ne se fît coiffer. Ils restèrent ainsi, très longtemps, l'un à côté de l'autre jusqu'à l'heure de la fermeture. Après que Bruges eut mis en place ses volets de bois, son père remballa son matériel. Le cafetier fit comme s'il ne remarquait rien, mais Blanche vit un drôle de regard dans les yeux de sa femme tandis qu'ils sortaient dans la nuit.

Elle se rappelait encore : la neige commença de tomber quand ils arrivèrent au travers de Saint-Martin. Son père remonta le col de son manteau, puis, comme il était de plus en plus difficile à Blanche de marcher, il la prit dans ses bras et la porta. Il lui semblait encore entendre les halètements d'effort au-dessus de ses cheveux et sentir la bonne odeur chaude de sa veste, tandis qu'elle s'endormait contre sa poitrine.

Heureusement, tous les soirs au café ne ressemblaient pas à celui-là et, d'habitude, elle allait s'asseoir auprès de la mère Bruges, fascinée par ses tas de pièces. Cette femme extraordinairement ronde, toujours vêtue de taffetas, couverte de bimbeloterie, empilait devant elle, au fur et à mesure, les sous ramenés par son mari sur son plateau. Jamais Blanche n'avait vu autant d'argent aux Solitudes. Pourtant, il lui aurait paru inimaginable qu'ils puissent, eux aussi, posséder de telles sommes. Les Bruges étaient riches, les Brunel pauvres : il n'y avait rien à changer à ça. Tout le monde l'enseignait, ils l'acceptaient. Plus tard, quand Blanche avait connu Étienne, elle avait commencé à se demander si c'était tellement normal. Visiblement, la mère Bruges en faisait bien moins que sa mère ; ça ne l'empêchait pas d'avoir devant elle des monceaux de pièces dont Lucie ne verrait jamais le dixième. Peut-être son père avait-il voulu aussi lui faire comprendre cela, avec sa maladresse et son silence, quand il l'avait emmenée au village le soir de neige. Aujourd'hui, Blanche croyait qu'il en avait eu assez de cette misère et voulu qu'elle soit à ses côtés pour lui montrer ce qu'il était obligé de faire afin de nourrir sa famille. Elle qui ne comprendrait sans doute pas sur le moment – cela valait sans doute mieux – mais vivrait assez longtemps pour se souvenir un jour et, peut-être, témoigner.

En regardant la patronne compter ses sous, elle buvait la limonade que son père commandait pour elle et payait toujours, en repartant, avec un peu de la monnaie gagnée à couper les cheveux, malgré les mines de refus de la mère Bruges.

Parfois, Arthur, le musicien, arrivait, sa boîte à violon sous le bras. Il était grand, ses cheveux blancs et trop longs tombaient sur ses épaules. Il avait dû être fort beau autrefois et on racontait des tas d'histoires sur ses aventures dans les villages. Il n'habitait nulle part et couchait dans les granges, les auberges de louage, et quelquefois dans le lit d'un patron de domaine, parti à la ville pour quelques jours.

Blanche ne lui avait jamais vu lire la moindre feuille de musique. Il connaissait par cœur toutes les chansons à la mode, toutes les danses. « Il suffit de demander ! » lançait-il. Au début de la soirée, il commençait toujours par des airs lents et très mélancoliques pendant lesquels Blanche avait remarqué que les yeux de quelques femmes brillaient plus fort que d'habitude, comme si elles allaient pleurer. Quand il sentait chacun suspendu à sa musique, il éclatait de rire et attaquait un morceau rapide, une mazurka ou une scottish en frappant le plancher du bout du pied. Il lui arrivait de se mettre lui-même à danser pour mieux entraîner tout son monde. Très vite les plus jeunes se levaient et se donnaient à fond ; après un ou deux morceaux, les plus âgés se laissaient aller à leur tour. Les yeux d'Arthur se mettaient alors à briller.

Michel arriva vers huit heures, portant sa valise. Elle l'aperçut, par la petite fenêtre qui regarde vers le chemin. Il s'arrêta un instant, avant les arbres. La valise à ses pieds, il avait l'air soucieux. Le soleil, levé depuis un moment, commençait à réchauffer le champ ; de légères bandes de brume montaient au-dessus de l'herbe détrempée par la pluie de la veille.

A la fin, il se décida, s'avança vers la maison. Blanche sortit.

– Il fait meilleur que quand je suis arrivée !

Il la regardait comme une bête curieuse. Après quelques banalités, il finit par lâcher ce qui lui pesait sur le cœur :

– Alors, tu as dormi là...

– Oui ! Je peux même te dire que j'ai très bien dormi !

Il attendit encore, puis :

– Tu sais, je me demande si tu pourras rester ici...

– Ah bon ! Et pourquoi donc ?

Il hésita, c'était son défaut à Michel, elle le savait depuis longtemps.

– En venant tout à l'heure, j'ai trouvé René Fargues : il m'a demandé ce que je faisais là, avec cette valise à la main. J'ai été obligé de lui expliquer...

– Et alors ?

– Ben... il prétend qu'ici, c'est chez lui. Il dit que ton père n'avait pas le droit de s'installer autrefois. Son père à lui le disait, paraît-il. Et...

Blanche le coupa :

– Et quoi encore ?

– Te fâche pas, il est comme ça, Fargues, tu le sais...

Elle répondit, se rendant compte qu'elle parlait trop fort – après tout Michel n'y était pour rien – :

– Non ! Justement, je ne le connais pas, Fargues ! Mais son père, oui, je l'ai bien connu. Si c'est comme ça qu'il remercie le mien pour tout ce qu'il a fait pour lui, ce n'est pas bien joli.

Michel dit alors :

– Il est mort, son père ! Ça fait plus de dix ans !

– C'est encore pire !

Elle hurlait presque et elle remarqua l'air désolé de Michel.

– Ne m'en veux pas, c'est pas après toi que j'en ai. Tu comprends, je trouve que c'est difficile à avaler.

Puis elle ajouta :

– Je te remercie pour la valise. Ne te tracasse pas pour moi. J'arrangerai ça avec Fargues. Comment ? René, tu as dit ?

– Oui, c'est ça.

Il avait l'air tout penaud. Il repartit sur le chemin. A cinq mètres, il se retourna :

– Si tu as besoin de quelque chose, n'hésite pas... tu sais où j'habite.

Il était difficile de prendre cette histoire à la légère. Blanche était inquiète. Elle se demanda si la vieille guerre des Solitudes n'allait pas recommencer. Et surtout, serait-elle encore capable de se battre, comme son père autrefois, pour garder cette maison ?

Les Fargues étaient leurs voisins de La Cancelade, la ferme la plus proche, à cinq cents mètres des Solitudes, après les Aumières, une bâtisse sans terres, à l'abandon depuis les années trente. Blanche conservait d'Antonin – le père du René Fargues qui avait entrepris Michel – le souvenir d'un homme redoutable. D'abord, il n'était pas catholique. Elle l'avait entendu dire par les uns et les autres, qui lui reprochaient de ne jamais aller à la messe. On prétendait aussi qu'il avait sa propre religion. Le soir, avant le repas, disait-on, il prenait une grosse Bible, couverte de cuir noir, l'ouvrait au hasard et en lisait un passage à sa famille, debout autour de la table tant qu'il n'avait pas terminé.

Blanche – alors comme aujourd'hui – se fichait de ces histoires. Son père aussi. Il avait dit : « Moi, ça m'est égal. Chacun a le droit de penser ce qu'il veut, si c'est honnête. » Comme il n'avait pas paru à Blanche bien grave que quelqu'un lise la Bible chaque soir, elle avait pensé comme son père. Si, dans son souvenir, Antonin Fargues était terrible, c'était pour d'autres raisons !

Pourtant, son père l'avait prévenue : « Ne va pas te balader du côté de La Cancelade, Antonin n'aime pas qu'on se promène chez lui. » Mais à dix ans...

Un jour, Blanche jouait seule dans le bois, parce que Valentine était malade. De fil en aiguille, pour suivre les papillons, elle avait continué loin après les arbres et s'était trouvée au milieu d'un champ couvert d'un tapis blanc moucheté par les cœurs jaunes des reines-marguerites. Elle s'était mise à les cueillir, voulant faire un bouquet pour sa mère peut-être, ou pour la Sainte Vierge, elle ne s'en souvenait plus. Pendant qu'elle coupait les fleurs en se méfiant des abeilles, elle n'avait pas remarqué que quelqu'un s'approchait. Tout à coup, elle avait entendu une voix terrible. Il ne criait pas mais ça faisait exactement le même effet. Elle s'était relevée et, en se retournant, s'était vue en face d'un homme énorme, très grand, vêtu d'une veste et de pantalons en velours noir. Il avait des cheveux blancs, longs, et une barbe grise, longue elle aussi – elle la revoyait encore ! Dans son visage maigre et osseux, pas du tout accordé à un tel corps, ses yeux noirs, perçants, flambaient de colère. Il lui avait demandé ce qu'elle faisait dans son champ. Comme elle ne répondait pas, il avait ajouté :

– J'espère bien que c'est la dernière fois que je te vois ici !

Terrorisée, elle avait murmuré « oui » en reculant. Elle avait laissé les fleurs dans l'herbe. Se baissant, il les avait ramassées, puis les lui avait jetées en criant :

– Maintenant que tu les as coupées, tu peux les emporter. Mais que ça ne se reproduise plus ! Déjà bien beau que je vous laisse aux Solitudes, vous les Brunel !

Elle avait pris les fleurs à pleines mains, n'importe comment, et elle était partie en les serrant sur sa poitrine pour ne pas les laisser tomber tandis qu'elle courait à toutes jambes.

Une fois arrivée chez eux, elle avait raconté à sa mère ce qui s'était passé. Lucie lui avait simplement dit de rester autour de la maison, dans les bois proches ou sur le chemin et de ne plus aller là-bas. Mais, quand son père était rentré, elle lui avait parlé, et il avait eu l'air contrarié.

Quelque temps après, Blanche avait demandé à son père pour quelle raison Antonin Fargues disait que c'était bien beau qu'on les laisse vivre aux Solitudes. Joseph avait d'autres soucis à cette époque, il lui avait répondu évasivement, c'était trop compliqué, elle comprendrait plus tard, « quand elle serait grande ». Elle avait pensé : « Ce doit être grave ! » Quand on dit ça aux petites filles, elles comprennent que c'est important et que cela gêne les grands d'en parler.

Elle apprit plus tard ce dont il s'agissait. C'était moins terrible que ce qu'elle imaginait à voir la colère du père Fargues ou l'air soucieux de son père. L'histoire datait du temps où Hippolyte Brunel, son grand-père, avait construit cette maison des Solitudes.

5

HIPPOLYTE Brunel était né en 1868 à Saint-Martin-des-Neiges, un hameau accroché sur une boralde au-dessus de Saint-Chély, dans les premières pentes de l'Aubrac. Autrefois, quelques maisons s'étaient réunies ; depuis, des hommes essayaient d'y subsister avec pour horizon, vers le bas, la pente tombant sur les bords de la rivière, vers le haut, la forêt qui commençait à cet endroit avant d'aller recouvrir les Hautes Terres, des bois impénétrables et très sombres, coupant tout accès vers le plateau désormais couvert de prairies et devenu le royaume du vent.

Hippolyte était le fils aîné d'une famille qui végétait à Saint-Martin-des-Neiges depuis quatre ou cinq générations. A vingt ans, il tira le mauvais numéro et dut partir pour le service militaire. Son exil dans une garnison de l'Est ne l'enrichit pas, mais il vit du pays. A son retour, il fit ses comptes : s'il se contentait de cultiver les bandes étroites de ces travers de cailloux où il fallait un traîneau en bois pour transporter le foin, il finirait, comme tous les siens depuis un siècle, dans une pauvreté ressemblant fort à la misère. Vivre de châtaignes, il voulait bien, mais à condition d'éviter à son fils de mener la vie que lui-même aurait connue.

Alors il alla trouver son père, qui labourait un de ces travers, lui expliqua ses vues et attendit qu'il donne son avis et, s'il le jugeait bon, son autorisation, comme il était de règle. Le père resta un long moment immobile. Hippolyte le vit faire du regard le tour de la vallée, noyée dans les brumes, loin en dessous d'eux et vers les pentes de la montagne, au-dessus. A la fin, le père – déjà un vieillard à cinquante ans – se retourna vers son fils et lui dit en le fixant dans les yeux : « Tu as peut-être tort, mon fils, je n'en sais rien. En tout cas, je n'ai aucune bonne raison à te donner pour te dire de rester ici. Fais comme tu l'entends. » Tout ça en patois, bien entendu.

Un matin, à la fin du printemps, Hippolyte partit. Sa mère pleurait. Marthe, sa petite sœur, également. Plus tard, elle descendrait elle aussi dans la plaine, à cause des beaux yeux d'un menuisier de Rodez venu travailler sur le plateau et qui s'était perdu dans ce bout du monde.

Hippolyte posa un genou à terre et son père le bénit selon la coutume. Puis, réunis devant la porte de leur maison basse, tous le regardèrent s'en aller sur le chemin rejoignant, après tours et détours au milieu de coins impraticables, la grande route de la vallée à Saint-Chély. Même la grand-mère, âgée de plus de quatre-vingt-dix ans, observait la scène depuis la lucarne de sa chambre qu'elle ne quittait plus ; en s'éloignant, Hippolyte lui fit un signe de la main. Il savait – comme elle – qu'ils ne se reverraient jamais, mais aussi qu'elle prierait pour lui tous les jours qu'il lui restait à vivre, elle le lui avait promis.

Ce fut un voyage long et difficile, Hippolyte ignorait où il allait. Un mois plus tard, au milieu de l'été – quand le soleil tapait sur les éteules, il ne pouvait s'empêcher de penser que, chez lui, l'ombre tombait dès quatre heures –, il arriva en fin d'après-midi dans un bourg. Il était fatigué, ayant fait la moisson sur tout le Ségala, depuis des jours et des jours. C'était fête au village, et, sur la place, il y avait un bal. Il trouva facilement du travail pour le lendemain – les patrons qui cherchaient des bras voyaient sa force du premier coup d'œil –, puis se rendit sur la place où on dansait. Il s'assit à la buvette et commanda une limonade. Un peu plus tard, il aperçut une jeune fille debout près d'un arbre de la place et qui regardait les danseurs. Elle n'était pas très grande, pas très jolie non plus. Mais elle avait de grands yeux bleus qui lui rappelaient les fleurs de sa montagne. Il s'approcha d'elle, lui proposa de danser. Elle observa ce grand garçon de vingt-deux ans vêtu de sa chemise de brassier aux manches roulées et de ses pantalons de coutil. Avec un hochement de tête, elle accepta et ils dansèrent, lui maladroit et elle très habile, même si elle rougissait chaque fois qu'elle parlait. Ils dansèrent plusieurs fois. Il l'invita à la buvette ; elle refusa, « Cela ne se fait pas », dit-elle. Il fut étonné, mais à la fin de la soirée il savait beaucoup de choses sur elle. Entre autres, qu'elle s'appelait Eulalie et vivait à la ferme des Granges Rouges où il était justement engagé pour la moisson, le lendemain. Elle venait du haut Ségala et s'était louée comme servante. La ferme de son père ne pouvait nourrir toute sa famille : ils étaient dix frères et sœurs.

Six mois plus tard, Hippolyte la demanda en mariage, et encore six mois plus tard, ils se marièrent.

Après son mariage, il put se faire embaucher définitivement, et plus comme simple journalier, aux Granges Rouges. Ça lui fut facile, c'était un garçon fort, travailleur, sérieux. Le maître des Granges leur loua, pour quelques sous, une petite chambre sans fenêtre à côté de l'étable. Là, en 1890, naquit leur premier enfant, Joseph, le père de Blanche.

Chaque jour, en rentrant des champs, Hippolyte s'arrêtait en haut du chemin, s'asseyait sur un rocher plat et regardait de l'autre côté de la vallée. Il en parlait sans cesse à Eulalie. Le dimanche, ils allaient se promener et il lui montrait les bois : « Regarde là-bas, cette laisse au bord de la forêt. Je me suis renseigné, on ne sait pas à qui elle appartient ! Tu vois, c'est sous les châtaigniers, la bande de terre rousse. » Eulalie ne voyait rien du tout, mais elle disait : « Oh oui ! ça a l'air très beau, là-bas... » Elle voulait faire plaisir à son Hippolyte.

A force de regarder vers ce carré de terre lointaine devenu son eldorado, il finit par se décider à aller trouver le fermier le plus proche. Clément Fargues illustrait bien son prénom, à l'opposé de ce que deviendrait son fils. Autant Antonin serait terrible, autant son père était un homme bon. Quand il jaugea ce garçon de vingt-huit ans se présentant devant lui, la casquette à la main, dans la grande salle de La Cancelade, il comprit au premier coup d'œil qu'il avait affaire à un gars comme il les aimait.

Hippolyte lui demanda s'il savait à qui appartenait la terre sous les châtaigniers, tout en bas de sa propriété. En entendant la question, Antonin, le fils de Clément, qui avait déjà dix-huit ans, s'écria :

– A nous, bien sûr !

Le vieux Fargues le regarda en fronçant les sourcils : ce n'était pas à lui de parler en premier.

– Ne dis pas ça, mon fils, on ne sait pas à qui appartiennent les Solitudes.

Antonin répliqua :

– Mais, père, le notaire vous l'a dit : elles sont nôtres !

Le vieux Clément le regarda de nouveau fixement, jusqu'à ce que l'autre baisse les yeux, puis il parla. Hippolyte aurait parié que, cette fois, le fils ne répliquerait pas.

– Le notaire dit ça parce qu'il s'en moque ! Ça l'arrange de ne pas avoir à chercher dans les papiers pour si peu. Je n'ai pas d'acte de propriété sur cette terre et lui non plus : elle n'est à personne ! Et toi : tu ne trouves pas que nous en avons assez de la terre, pour nous nourrir tous ?

Antonin baissa la tête, serra les poings, puis, sans un mot, il sortit. Quand ils furent seuls, le vieux Clément bourra sa pipe, tassa très soigneusement les brins de tabac, alluma et tira deux ou trois bouffées. Puis il dit :

– Pourquoi tu me demandes ça ?

Hippolyte lui expliqua sa situation, son fils avait huit ans, un autre garçon avait suivi et il aurait voulu trouver une terre où construire une maison pour sa famille, sinon il n'aurait servi à rien de quitter la ferme des boraldes. Clément réfléchit. Hippolyte se taisait, sentant que, dans cet instant, toute sa vie se jouait. Puis, d'une voix grave, un peu solennelle, le vieux dit :

– Cette terre n'est à personne, alors si elle peut te permettre de vivre, il faut que tu la prennes ! Maintenant, tu as entendu mon fils : il prétend qu'elle est à nous. Tant que je vivrai là, tu seras tranquille aux Solitudes mais après...

Clément réfléchit encore – et Hippolyte gardait le silence – et reprit :

– Voilà : je vais te faire un papier comme quoi je te donne cette terre. De cette façon, si Antonin te la réclame un jour, il ne pourra pas te la reprendre.

Il alla jusqu'à une petite armoire où il rangeait papiers et livres de comptes de La Cancelade, et prit de quoi écrire. Ainsi, sur la table de la salle commune, il donna une terre qui n'appartenait à personne, et de cette façon, Hippolyte Brunel devint propriétaire des Solitudes. Au moment de partir, il remercia Clément.

– Merci, monsieur Fargues, je n'oublierai jamais ce que vous avez fait aujourd'hui. Je ne suis pas riche et pas sûr non plus de le devenir un jour. Mais je vous promets que chaque année, à Pâques, je vous apporterai un chevreau. Et mon fils fera la même chose pour le vôtre quand je ne serai plus là.

Le père Fargues le regarda et, comme Hippolyte sortait, il lui tendit la main.

Clément n'en resta pas là. A la veille de mourir, il donna à son fils toutes les directives concernant ses affaires, le destin des Brunel en faisait partie. Antonin, qui avait grand mal à cacher sa colère, arriva un jour aux Solitudes. A cette époque, Hippolyte commençait à construire la maison ; il y travaillait après sa journée aux Granges Rouges et pendant les fêtes. Les murs sortaient à peine de terre quand Clément était mort. Antonin alla vers Hippolyte et lui dit :

– Avant de mourir, mon père m'a fait jurer de ne pas vous causer de tort pour les Solitudes, à vous ni à vos enfants. Alors je respecterai cette promesse. Mais, après vous deux, cette maison et cette terre reviendront à ma famille.

Le grand-père de Blanche le regarda, bien en face, et lui répondit :

– Tu peux penser ce que tu veux ! Mais ici, maintenant, c'est chez moi. Clément m'a fait un papier. Tu veux le voir ?

Antonin, rouge de colère, parvint à se maîtriser, peut-être à cause de celui qu'il venait d'enterrer, peut-être à cause du respect qu'on avait en ce temps-là pour les hommes plus âgés. Il lança simplement :

– Ce papier ne m'intéresse pas. Un jour, ça se passera comme j'ai dit ! – En ricanant, il ajouta : De toute façon, nous ne serons plus là ni l'un ni l'autre !

Puis il partit. Mais il avait respecté sa promesse. Hippolyte aussi : chaque année, à Pâques, il tuait un de leurs chevreaux et le portait à La Cancelade. Et Dieu sait pourtant qu'ils auraient eu plus besoin de cette bête que les Fargues : eux ne mangeaient de la viande qu'une fois par semaine. Mais une pareille promesse, rien ne pouvait la rompre. A cause d'elle peut-être autant que de celle faite à son père, Antonin n'entreprit jamais rien contre les Brunel, sauf exiger qu'ils ne dépassent pas leurs limites et ne rentrent pas, eux ou leurs bêtes, sur le domaine de La Cancelade. Blanche, la première, rompit le contrat tacite qui les liait, en allant cueillir des reines-marguerites. Aujourd'hui, elle habitait de nouveau les Solitudes. Antonin était mort, Hippolyte et Joseph Brunel aussi : pour les Fargues, la promesse avait été remplie, et René Fargues essaierait de la faire partir ; c'était dans l'ordre des choses. Elle devait retrouver ce papier de Clément.

Il fallut beaucoup de temps et de peine à Hippolyte pour bâtir sa maison. Il n'avait guère d'argent pour acheter les matériaux et il ne lui restait pas beaucoup d'heures libres après celles passées à travailler dur aux Granges Rouges. Aussi, quand le soir venait, ou tôt le matin, il regardait de l'autre côté de la vallée, au-delà des hêtres qui remplissaient le fond d'un vert plus sombre, le carré de terre que lui avaient alloué sa persévérance et la générosité de Clément. S'il faisait beau au-dessus de la rivière, il voyait la tache claire des Solitudes et les pans de murs qui s'élevaient lentement.

Il se fit prêter le mulet par le maître des Granges Rouges et, le dimanche, tandis que les autres étaient à l'auberge de Mayral, il partait aux carrières de Sauban chercher des pierres. Il les prenait dans les déchets dont personne ne voulait. Il lui en fallut des voyages et des voyages, pour amener ces éclats trop petits jusqu'aux Solitudes ; à cause de la pente, il devait se contenter de modestes chargements. Pendant des semaines, il en transporta ainsi depuis Sauban, accumulant un grand tas. Pour le ciment du mortier, faute d'argent, il l'achetait sac après sac. Il alla chercher le sable à la rivière, en bas de la pente et là, plus question de mulet, c'est sur son dos, dans un sac de gros jute, qu'il remonta ce qui lui était nécessaire.

Quand il avait quatre sous, il engageait pour la journée un valet de la Mouline, qui avait été maçon autrefois et l'aidait à monter les murs à peu près droit. Ce n'était pas toujours parfait ; quand les défauts étaient trop visibles, il devait démolir des morceaux et recommencer. Bien entendu, le valet ne venait pas souvent.

Tout posait un problème et, sans argent, chaque problème devenait considérable. Il fallait le résoudre par un seul moyen : le travail.

Un jour, tout de même, les murs furent terminés. Alors, pour la première fois, il demanda une semaine de congé à la ferme. Le patron fut surpris mais il avait confiance en lui et ne posa pas de question.

Le lendemain, Hippolyte partit, le sac sur l'épaule. Il retournait dans son pays où il connaissait un bûcheron. Quand il revint, Eulalie lui trouva l'air malheureux ; il n'avait pas revu les siens depuis des années et, chez lui, ceux qui étaient encore là avaient bien vieilli ; la grand-mère était morte, son père regardait toujours l'horizon et ne labourait plus les travers. Mais Hippolyte en parla à peine ; il était fier d'annoncer à sa femme que les poutres pour la maison seraient bientôt livrées aux Solitudes. En effet, deux mois plus tard, un charroi de bois qui descendait de la montagne laissa devant la maison, dont le toit était encore béant, cinq grosses poutres de chêne. Elles étaient toujours là, au-dessus de la tête de Blanche. Celle-ci savait qu'elles dureraient longtemps, bien davantage qu'elle-même. Son grand-père aurait pu les trouver beaucoup plus facilement sur place, mais il voulait faire son toit avec du bois de chez lui qui sentirait un peu sa montagne, afin que cette odeur de son pays l'accompagne au long de sa nouvelle vie.

Blanche ne saurait jamais si elles avaient vraiment une odeur différente, ces poutres qui venaient des Hautes Terres, mais lui devait sentir ça.

Sur les poutres, Hippolyte cloua les voliges en châtaignier confectionnées par le menuisier de Mayral, contre des journées de travail aux petits champs qu'il possédait dans des endroits impossibles que personne ne voulait cultiver. L'hiver approchait et, si l'on ne les couvrait pas, les planches seraient abîmées par la pluie et la neige. Se procurer les lauzes de la couverture fut le plus difficile pour Hippolyte. Neuves, elles excédaient largement ses possibilités : il n'avait pas les moyens de payer le tailleur de pierre, et celui-ci ne faisait pas crédit. En novembre 1899, à force de chercher, il trouva quelqu'un, à dix kilomètres des Solitudes, qui lui laissa récupérer les lauzes d'une bergerie à moitié écroulée qu'il avait dans le travers, contre de nouvelles heures de travail. Hippolyte accepta. Durant un mois, après sa journée aux Granges Rouges, il nettoya une immense châtaigneraie appartenant à cet homme. Quand la nuit tombait, il attelait le mulet de la ferme et partait chercher les lauzes par le travers. Avec une lampe-tempête, il fouillait dans le toit écroulé de la bergerie, à la recherche de pierres intactes. Pendant quinze jours, jusque tard dans la nuit, il fit ce trajet. Il bénissait la lune quand elle était là, sinon il devait marcher devant avec sa lampe, pour repérer les roches du chemin, éviter de faire trébucher le mulet – il aurait été bien incapable de le rembourser s'il avait eu un accident. Il eut, à cette époque, un visage effrayant, mangé par la barbe et d'une maigreur extraordinaire. Pendant la journée, il avançait comme un somnambule, mais il parvint à accomplir sa tâche quotidienne aux Granges Rouges sans s'attirer le moindre reproche.

Un jour du début de décembre 1899, la neige tomba dès le matin en gros flocons. Hippolyte la regarda couvrir la vallée. Il s'en moquait : depuis la veille, le toit des Solitudes était achevé et il avait planté au sommet un bouquet de houx, comme le voulait la tradition. Il manquait encore la porte et fenêtre. Cela ne comptait plus : il avait maintenant du temps. Il regretta pourtant de ne pas pouvoir passer chez lui la Noël ni le 1er janvier 1900.

Il fallut encore des mois, parce que cet hiver-là fut long et très froid. Il avait pensé gagner de l'argent en bûcheronnant, mais la neige et la glace l'en empêchèrent. Au printemps, il put recommencer ses heures supplémentaires, n'hésitant pas à se louer loin des Granges Rouges, les jours de fête ou le dimanche. A quelqu'un qui lui reprochait de travailler ce jour-là, il répondit que le bon Dieu ne devait pas être bien fâché puisque c'était pour bâtir la maison de sa famille.

Le printemps passa, puis l'été. A l'automne, épuisé, il dut s'aliter deux semaines. Il lui manquait encore un peu pour terminer les Solitudes. Alors Eulalie, en cachette d'Hippolyte, alla trouver le maître des Granges Rouges, et lui raconta ce qui se passait. Le maître prêta – en riant, ce qui blessa Eulalie – les cent francs qui manquaient pour payer le menuisier. Un hiver difficile s'annonçait encore pour lui : il devrait travailler dur pour rembourser les cent francs. Mais à la Toussaint, par un jour de ciel noir, sous une pluie battante, Hippolyte Brunel emmena sa famille et ses pauvres biens vers la nouvelle maison à présent terminée. On était le 2 novembre 1900.

6

MICHEL avait laissé aux Solitudes la valise et les mauvaises nouvelles au sujet du fils Fargues. Mais Blanche se sentait de nouveau une force extraordinaire. D'abord, nettoyer la maison ! Comme elle était démunie de tout, il lui fallut aller au village. Elle enfila son manteau et se mit en route. Au bout du chemin, Michel, les mains pleines de cambouis, trafiquait sous le capot de sa camionnette.

– Et où tu vas ? demanda-t-il en la voyant.

– Au village, évidemment...

– Attends ! Si j'arrive à faire démarrer le moteur de ce fichu camion, je t'emmène !

« Il appelle "camion" une vieille camionnette », pensa Blanche en s'asseyant sur le talus. Elle l'avait toujours connu comme ça. C'est de cette façon que la Gabrielle lui avait mis le grappin dessus, parce qu'il s'était imaginé, grâce à l'argent que son beau-père devait donner en dot, pouvoir acheter en ville le magasin dont il rêvait. Mais le père était mort le lendemain de la noce et, après que les deux sœurs et les trois frères de Gabrielle furent passés par là, il ne restait presque rien.

Il s'acharna un bon moment sous le capot et réussit finalement à remettre son moteur en route. Il était près de dix heures maintenant. Le soleil brillait comme une fête sur les bois et les champs. Blanche imagina qu'il célébrait son retour, elle était presque heureuse. Elle avait oublié tout à fait l'état de la maison et les mauvaises idées qui lui étaient venues en se levant.

Elle fit ainsi à rebours son chemin de la nuit précédente. Comme tout était différent dans le plein jour baigné d'une lumière magique ! Elle trouva le pan de mur de la maison de la Méline encore moins impressionnant que la veille. Désormais elle n'aurait plus aucune raison d'avoir peur en passant devant ! Les oiseaux chantaient dans les arbres dont les branches se couvraient de feuilles nouvelles que le soleil rendait presque jaunes. A un moment, sur un piquet de châtaignier, seul vestige d'une clôture abattue, elle aperçut un gros corbeau noir qui avait l'air de les regarder et tourna la tête comme s'il la suivait du regard. Michel, bien entendu, ne l'avait pas remarqué. Ça lui trotta dans la tête un moment ; elle se demandait ce que cet oiseau lui rappelait. Puis, comme ils approchaient de Mayral, cette idée lui échappa.

Elle voyait maintenant le clocher au-dessus du rideau d'arbres cachant le village depuis la ferme du Baguet. Puis les toits apparurent, semblables à une couverture d'écailles avec leurs lauzes grises et moussues ou leurs ardoises récentes, noires et brillantes. L'église, tout entière de pierres rouges, se dressait, dominant les maisons comme une grande chandelle.

Michel toussota, Blanche comprit : il était embarrassé qu'on les voie ensemble. « Le pauvre, pensa Blanche, il ne se rend pas compte de notre âge ! » Son retour avait dû le troubler au point de se croire encore menacé des représailles d'une Gabrielle jalouse ! Il lui demanda où il devait la déposer.

– Laisse-moi à la première maison. Je veux marcher un peu dans les rues...

– Oui, bien sûr ! Je comprends ça, dit-il, soulagé. – Il ajouta : Si tu as besoin de quoi que ce soit, n'hésite pas ; tu sais où me trouver !

Elle répondit, en souriant :

– Mais oui, mais oui... Ne t'inquiète pas : je me débrouillerai bien toute seule...

Il protesta un peu, pour la forme, mais elle sentit qu'il n'était pas fâché de ces derniers mots. Ah non, il n'avait pas changé, Michel ! Et dire qu'à une époque elle l'aimait bien, au point d'avoir pu croire qu'un jour, eux deux...

Les volets de la première maison étaient fermés. Pourtant Eugénie Lestrade et son mari étaient là le jour de l'enterrement de son père. Mais des années étaient passées depuis. Il en arrive des choses dans la vie des gens ! Juste après, il y avait d'autres volets clos mais Blanche n'en fut pas surprise. C'étaient ceux de l'école privée, la plus grande bâtisse de Mayral, fermée, faute d'élèves, dans les années cinquante. Derrière la grille et le beau portail en fer forgé, les mauvaises herbes avaient envahi la cour et le préau où, de son temps, jouaient les enfants des riches et de quelques pauvres qu'ils protégeaient. Ils étaient tous habillés d'une sorte d'uniforme qu'elle trouvait très élégant, avec une casquette à galons d'argent pour les différencier de ceux de l'école publique. Ces derniers, avec leurs sarraus noirs, avaient l'air aussi d'être en uniforme mais ils allaient toujours nu-tête.

Elle continua d'avancer dans ce village où elle avait passé une bonne partie de son enfance. Bien qu'elle reconnaisse parfaitement les rues et les maisons, il lui semblait que tout avait changé. Autrefois, les gens – les femmes surtout – allaient et venaient dans les rues. Et puis, beaucoup de maisons, vraiment, étaient barricadées, on ne s'en apercevait qu'au bout d'un moment lorsqu'on découvrait les volets condamnés par des planches. Sinon, l'absence de jardin en façade faisait aussi qu'on ne voyait pas tout de suite l'abandon qui les avait gagnées.

Il ne restait qu'un des deux cafés d'autrefois et encore le reconnaissait-on seulement aux trois ou quatre chaises et tables placées devant ; l'enseigne Heineken arrachée par le vent pendait au bout de son fil, personne n'avait jugé bon de la refixer. Blanche pensa que les propriétaires devaient être à la retraite et ne servir qu'épisodiquement. Le deuxième, lui, était carrément fermé. On pouvait lire : « Grand Café Bruges », en lettres grenat sur le mur, au-dessus des volets délavés par la pluie, qui commençaient à pourrir. Où était passée l'animation d'autrefois ? C'était ici qu'on venait des hameaux des environs, écouter de la musique et danser, les samedis soir, à la nuit tombée. C'était ici même que son père, venu du fond de ses bois, entrait, portant à la main sa mallette en carton bouilli, s'installait dans la pièce sombre au fond du café et coupait les cheveux des gens venus là pour boire ou faire la fête, et qui trouvaient commode, pour quelques sous, de s'éviter le dérangement chez le coiffeur d'Albagnac.

Le soleil était chaud maintenant et tapait fort sur la façade grisâtre. Blanche eut alors l'impression d'entendre une musique venant de très loin mais qui lui parut réelle. Elle se souvint à nouveau de celui qui jouait ainsi du violon et s'appelait Arthur. Le brillant, l'élan magnifique et la tendresse de sa musique, la joie de ces samedis revenaient à Blanche, la retenaient immobile au milieu de la rue devant le Grand Café. Aussi, elle ne l'entendit pas arriver. Aux premiers mots, elle sursauta et mit un moment à revenir sur terre, à se rendre compte : quelqu'un était devant elle et lui parlait.

– Il me semble que je vous connais. Mais j'arrive pas à me rappeler qui vous êtes !

Une grosse femme aux cheveux filasse, campée sur des espadrilles de corde, se tenait en face de Blanche, les mains sur les hanches et, au bras, un panier d'où dépassaient trois flûtes de pain. Elle avait chaud elle aussi et transpirait ; Blanche se rendit compte assez vite qu'elle sentait mauvais. Elle non plus ne se rappelait pas son nom ; pourtant son visage lui disait quelque chose. La femme écartait les pieds comme pour bien se caler sur le sol et secouait la tête en cherchant. Blanche revenait lentement des soirs de la musique et n'avait guère envie de parler. Elle ne fit rien pour la mettre sur la voie. Le silence s'éternisant entre elles, l'autre finit probablement par se sentir gênée.

– Excusez-moi, je dois me tromper, dit-elle.

Blanche répondit, avec beaucoup d'hypocrisie :

– Sûrement, madame, mais il n'y a pas de mal.

La femme partit lentement, en marmonnant, mais elle n'avait pas fait dix mètres qu'elle s'arrêta et revint vers elle à toute vitesse en criant :

– Ah ! Ça y est : je sais qui tu es ! Tu es Blanche, la fille de Joseph Brunel !

Elle avait l'air tellement heureuse de l'avoir reconnue ! Blanche n'eut pas le cœur de la décevoir :

– Oui, en effet. Vous...

Elle aurait été bien en peine de continuer mais avait aussi deviné que ce ne serait pas nécessaire. En effet, la femme ajouta, en la coupant !

– Célestine ! Célestine Espinasse ! Tu te souviens de moi ?

Célestine, la belle Célestine ! Voilà ce qu'elle était devenue ! Elle avait cinq ans de plus qu'elle-même, ça lui faisait dans les quatre-vingts. Et ces années ne lui avaient pas réussi. Oui, Blanche s'en souvenait maintenant, et ce n'était pas très agréable !

Sa mère s'appelait Honorine et tenait un atelier de repassage dans la rue principale d'Albagnac. La mère de Blanche avait travaillé pour elle quelque temps. Honorine était une personne d'une autre époque qui menait durement ses employées. Habillée à l'ancienne, elle portait des robes noires, longues, très strictes, d'où dépassait juste assez de chair pour qu'on ne la prenne pas pour une marionnette tellement elle paraissait rigide. Sa tête de fouine au museau pointu se dressait au-dessus d'un petit col compliqué en dentelle du Puy et tuyauté, destiné à montrer l'habileté de ses repasseuses. Elle y avait gagné une clientèle de riches et sa réputation, bâtie au fil des années, s'étendait loin d'Albagnac, au point qu'on lui apportait parfois des travaux de la part des dames des châteaux, des grandes familles. Quand cela arrivait, tout autre activité était interrompue dans la boutique qui sentait bon le linge propre, la vapeur et l'amidon. Les repasseuses se consacraient, quelle que soit l'heure, aux corbeilles apportées par le domestique. Pendant que celui-ci allait boire à l'auberge, elles repassaient le linge fin sous la surveillance, encore plus sévère que d'habitude, de la patronne. Quand le valet revenait de l'auberge, le panier était prêt avec la lingerie de Paris empaquetée dans du papier de soie qu'Honorine faisait venir de la capitale. Le dimanche suivant, à la sortie de la messe, on voyait une des belles dames aller vers Honorine et lui glisser avec un signe de tête, sans presque s'arrêter, une enveloppe contenant le prix du repassage. Honorine, dans ces moments, se tenait droite et le menton relevé ; elle vivait sa gloire.

Ces arrivages des châteaux établissaient le triomphe d'Honorine. Le reste du temps, aimant l'argent, elle se satisfaisait tant bien que mal de la clientèle aisée des bourgeois ou des gros fermiers des environs dont l'ascension sociale commençait régulièrement par l'achat de ces nappes brodées au point Martin et de ces parures de table en piqué fuyant, dont ils n'auraient pas risqué, vu leur prix, de confier l'entretien à leurs propres domestiques.

Honorine avait un autre sujet de fierté : sa fille Célestine était très belle !

Blanche avait douze ans quand sa mère travaillait chez Honorine et, à dix-sept, Célestine tournait déjà la tête de tous les garçons. Blanche s'en fichait. Mais lorsqu'elle avait eu à son tour dix-sept ans, l'autre ravageait encore tous les cœurs et Blanche en avait été jalouse, d'autant qu'elle avait toujours des robes magnifiques pour aller au bal. Blanche devait se contenter de celles de sa mère, remises à sa taille et agrémentées de quelques rubans pour les accorder à la mode plus gaie de son temps.

Pourtant, si l'arrivée de celle qu'était devenue Célestine aujourd'hui ne lui rappelait pas de bons souvenirs, ce n'était pas à cause de ses succès. Tout ça était bien loin et, en contemplant cette maritorne, Blanche aurait pu rire de sa jalousie d'alors. Mais, avec elle, était revenu le temps où sa mère avait travaillé à l'atelier de la repasseuse. La vie allait encore plus mal que d'habitude, le salaire ramené par le père ne suffisait pas, et Lucie était allée s'engager chez Honorine pour gagner quelques sous.

Il y a huit kilomètres des Solitudes jusqu'à Albagnac et encore : en prenant les chemins de traverse. Alors, chaque matin, à quatre heures, sa mère se réveillait, dans la nuit noire sous le ciel privé d'étoiles par le brouillard montant de la rivière. Elle faisait le moins de bruit possible. Mais depuis son petit lit – elle dormait mal, terrorisée par les hurlements du vent dans les arbres et les cris des bêtes traquant dans les bois enfouis sous la neige –, Blanche, tout en faisant semblant de dormir, l'observait à travers ses paupières entrouvertes. Lucie se levait, avec d'infinies précautions pour ne pas réveiller son père, elle n'allumait pas la lampe et seule une petite lueur au cœur du feu l'éclairait – à peine au début, puis un peu mieux après qu'elle l'eut ranimé. Elle préparait la soupe de la journée. Blanche la voyait s'activer en silence et jeter dans l'eau tirée la veille du puits les légumes qu'elle venait d'éplucher ou, plus souvent, quelques poignées de châtaignes. Elle accrochait la marmite de fonte noire à la crémaillère au-dessus du feu sur lequel la soupe allait cuire tout au long du jour. Quand elle avait fini, elle se débarbouillait avec l'eau du broc, si froide le matin – Blanche frissonnait rien que d'y penser –, et elle peignait ses longs cheveux dont elle était si fière. Elle quittait sa chemise de nuit et s'habillait. Ainsi la fillette la voyait-elle un moment, toute nue, avec son corps si blanc contre lequel elle aimait à se nicher quand sa mère la prenait dans ses bras. Le travail devait commencer à le déformer mais Blanche ne s'en rendait sûrement pas compte. Une fois vêtue d'une de ses pauvres robes cent fois reprises et rapiécées, elle s'entourait d'un vieux châle de laine épaisse que Joseph, à l'occasion d'un anniversaire exceptionnel, avait acheté à un berger descendu des Pyrénées pour se louer pour une saison aux Gargasses. Chaque matin, c'était le même manège. Blanche la voyait mettre la main sur la poignée de la porte, hésiter, puis revenir en arrière et aller jusqu'au lit où l'enfant faisait toujours semblant de dormir. Elle se penchait au-dessus d'elle et l'embrassait du bout des lèvres, sans presque la toucher. Pourtant c'était une parcelle de bonheur que Blanche dérobait alors : le parfum de sa mère. Son bonnet de laine sur les cheveux, le châle remonté devant les yeux, elle sortait dans la nuit glacée où à peine une mince bande plus claire à l'horizon annonçait le jour à travers le brouillard.

C'était pendant l'hiver de 1922-1923. Il fit très froid cette année-là et, quand Blanche sortait à son tour de la maison, le soleil était déjà bien haut et elle voyait la campagne couverte de neige, un grand paysage blanc et plat sur lequel seuls les grands arbres détachaient leurs silhouettes. Blanche se souvenait des empreintes de sa mère marquées sur le chemin déblayé chaque jour à la pelle par son père pour atteindre la route. Après cela, il y avait encore huit kilomètres de ces petits pas de sabots jusqu'à Albagnac, où Lucie devait arriver avant sept heures. C'était le moment où Honorine ouvrait l'atelier, et gare à la repasseuse qui avait oublié de se réveiller ou s'était endormie dans les bras d'un jeune homme. Quand elle arrivait en courant, sa paye était déjà prête sur le comptoir de chêne de l'arrière-boutique : Honorine n'aurait jamais volé un sou à personne, elle avait trop peur du diable et des flammes de son enfer ! Les explications et les prières de la pauvre fille étaient inutiles. Pour Honorine, sept heures c'était sept heures, et rien n'y pouvait changer. Pendant le repas du soir aux Solitudes, sa mère annonçait parfois : « La Manon est arrivée en retard » ou bien c'était Suzanne ou une autre encore. A chaque fois, son père qui, pourtant, mangeait toujours en silence, disait que telle ou telle famille allait se trouver dans le dénuement avec la perte de ce salaire et Joseph, qui avait moins devant lui que n'importe lequel d'entre eux, les plaignait.

Tout un hiver, sa mère prit ainsi, au petit matin, le chemin d'Albagnac, et Blanche comprenait maintenant qu'elle devait courir parfois, dès que la route était dégagée, parce que la neige l'avait retardée sur les sentiers qu'elle empruntait pour aller au plus court. Le soir, elle rentrait avec encore les huit kilomètres à faire dans la nuit qui tombait de nouveau comme si elle n'avait pas cessé de la poursuivre du matin jusqu'au soir. Elle arrivait chez eux, c'était déjà l'heure du repas. Elle mettait la table, sur la toile cirée, qui était un de ses luxes, et dont les fleurs luisaient sous la lampe. Elle servait la soupe qui avait mijoté tout le jour sur le feu et ils mangeaient, en trempant des tranches de pain rassis. Son père versait dans son assiette une grande rasade de la piquette qu'il avait fabriquée à l'automne dans une bonbonne avec les raisins grappillés dans les vignes après les vendanges, lorsque c'était autorisé.

Blanche ne pouvait pas aider sa mère : il y avait les devoirs et, distraite par le moindre craquement du feu, le moindre cri de hulotte, elle y passait toujours beaucoup de temps, malgré les coups d'œil sévères de son père levant parfois la tête de dessus ses paniers.

Souvent elle voyait sa mère appuyée des deux mains sur l'évier en pierre, regardant dehors où elle ne pouvait rien distinguer à cause de la nuit et parce qu'ils n'avaient pas de lanterne devant la maison : l'huile ou l'essence étaient trop chères pour être gaspillées. Blanche comprenait qu'à ces moments où elle s'appuyait sur la pierre grise, Lucie était très lasse, mais elle se rendrait compte seulement plus tard de la somme de fatigue que cela représentait de tenir sa maison propre, sa fille toujours impeccable malgré ses vêtements usés et, en même temps, d'aller faire la repasseuse chez Honorine, manier au long du jour les lourds fers à vapeur, les piles de linge.

Cela dura presque tout l'hiver. Des mois de glace et de neige, de kilomètres ajoutés les uns aux autres, comme une longue route qui n'en finirait jamais. En janvier, il fit de plus en plus froid. Un soir, ils l'attendirent longtemps, elle arriva alors que la nuit était tombée depuis une heure. Quand elle entra, ils virent qu'elle marchait avec difficulté. Son père lui dit de montrer ses pieds, elle refusa, se forçant visiblement à sourire : « Ce n'est rien de méchant, je me suis juste un peu tordu la cheville ! » Joseph insista et, comme il était plus têtu qu'elle, elle finit par montrer ses orteils ; ils avaient commencé à geler, la peau était bleue, avec des traces rouges là où ses sabots l'avaient blessée. Malgré la douleur, et la promesse faite à son mari de rester à la maison, le lendemain elle repartit, ayant seulement appliqué sur ses plaies une sorte de baume, une pommade miracle achetée à un colporteur de passage et censée tout guérir.

Cela continua jusqu'à la moitié de février. Un jour, elle revint trop tôt, vers la fin de la matinée. Elle pleurait et, en arrivant, elle se jeta sur la paillasse. Elle se cacha la tête dans le drap ; Blanche, debout au pied du lit, se demandait la raison de son désespoir. Quand son père rentra, une heure plus tard, elle lui raconta ce qui était arrivé. Sur le chemin d'Albagnac, juste au-dessous de La Sarrade, elle avait glissé et était tombée dans un trou profond, recouvert de neige. Il lui avait fallu du temps pour en sortir. Elle y était parvenue en s'agrippant aux ronces sèches qui lui avaient tailladé la paume des mains. Déjà, il était près de sept heures. Elle avait couru aussi vite qu'elle avait pu. Mais ce n'était pas assez : quand elle était arrivée à Albagnac, l'atelier était ouvert depuis longtemps et les autres ouvrières au travail. Honorine l'avait accueillie sans un mot, lui avait fait signe de la suivre dans son arrière-boutique et là, sans écouter ses explications, lui avait compté sa paye, au sou près. La mère de Blanche avait essayé de la fléchir, elle avait supplié, pleuré – elle se serait mise à genoux si elle y avait pensé –, sous le regard apitoyé des autres ; sans résultat : Honorine l'avait raccompagnée jusque dans la rue en disant :

– Je regrette, mais tu le savais, c'est la règle : ici, on commence à sept heures !

Lucie racontait à Joseph, tandis que Blanche les regardait tous deux. Elle lisait sur le visage de son père un grand désarroi, peu à peu remplacé par la colère. Le reste de la matinée, sa mère avait essayé de trouver du travail ailleurs dans Albagnac. Mais c'était encore l'hiver, personne n'avait besoin d'elle. Elle se remit à pleurer et Blanche surprit ce jour-là un des rares gestes de tendresse de son père. Oubliant peut-être la présence de leur fille dans sa colère contre ceux qui disposaient ainsi, à leur gré et sans justice, du malheur des autres, il caressa les cheveux de sa femme, très doucement en disant :

– Ce n'est rien, petite, ce n'est rien...

Blanche revoyait encore le contraste entre ses mots, ses gestes, et la colère qui flambait dans ses yeux.

Cet argent que ne gagnerait plus sa mère leur manquerait beaucoup. Blanche se demandait comment ils allaient faire, tandis que sa mère épuisée s'était endormie, la main de son père posée dans ses cheveux. Quand il fut certain qu'elle dormait, il sortit. C'était l'après-midi, les ombres étaient déjà descendues sur les bois, la brume bouchait la courbe de la rivière. Le ciel était gris, de ce gris très particulier qui annonçait la neige pour la nuit. Malgré le froid, elle vit son père arpenter longuement, à grands pas, le chemin devant la maison. Il serrait les poings et marmonnait des phrases inaudibles, mais qu'elle devinait terribles, pendant qu'elle l'observait depuis un carreau de la petite fenêtre à hauteur de laquelle elle arrivait juste cet hiver-là. Plus tard, il s'assit sur le banc étroit qu'il avait fabriqué dans le tronc équarri d'un vieil orme et installé devant la maison. Il tenait sa tête dans les mains et, à un moment, comme il tournait la tête, elle vit qu'il pleurait. C'était la première et la dernière fois qu'elle verrait son père pleurer – pourquoi n'avait-elle pas osé aller vers lui, essayé de le consoler ?

Après le renvoi de sa mère, la vie aux Solitudes fut encore plus difficile que d'habitude. Mais le printemps arriva de bonne heure cette année-là et, comme toujours, une espèce de chance qui accompagnait son père dans son dénuement lui procura du travail chez un de La Guiraudie qui voulait refaire ses clôtures de pacage. Que de fois, dans ces années, Blanche avait vu ainsi ce qu'elle mettait au compte du hasard venir au secours des siens, les empêcher de tomber jusqu'au point où en étaient arrivés les chemineaux qui passaient parfois devant chez eux, n'ayant plus ni toit ni famille, et s'en allaient seuls sur les routes, à mendier leurs repas ou chercher un coin un peu chaud dans une grange pour y passer la nuit !

Voilà ce qui lui revint tandis que Célestine lui parlait et lui racontait un tas d'événements insignifiants qui formaient la banale histoire de sa vie. Quand Blanche l'écouta de nouveau, elle eut une bouffée de colère à retrouver dans son visage les traits d'Honorine jetant sa mère à la rue parce qu'elle était tombée dans la neige. Mais elle se retint : Célestine n'était pas responsable de ce qui s'était passé. Tout cela était si loin, d'ailleurs, Célestine lui expliquait justement que sa mère était morte dix ans plus tôt. Blanche ne fut même pas heureuse d'apprendre que la repasseuse avait beaucoup souffert avant de mourir.

Elles se tenaient toujours devant le café. Deux femmes passèrent et les regardèrent avec insistance – surtout Blanche –, en saluant Célestine. Quand elles furent loin, celle-ci dit :

– C'est Delphine et Mélanie, tu te souviens ?

Non, Blanche ne se souvenait pas ! En plus, elle n'avait aucune envie de se souvenir. Elle lui demanda, montrant les flûtes de pain dans le panier, si la boulangerie était toujours ouverte.

– Ah ! Pauvre ! La boulangerie ? Il y a longtemps qu'elle a fermé ! On nous porte le pain d'Albagnac, maintenant. Si tu te dépêches, tu arriveras au camion de Rigaud avant qu'il reparte.

Blanche, en elle-même, la remercia du fond du cœur pour le prétexte qu'elle lui donnait de la quitter. Elle abandonna la grosse femme devant le café, un peu décontenancée sans doute qu'elle s'en aille si vite, sans lui demander des nouvelles de son mari et de ses enfants, du moins Blanche l'imaginait ; il était possible qu'elle en eût parlé pendant qu'elle-même songeait au long hiver de sa mère. Sinon, Célestine dirait ensuite à tout le monde que la fille Brunel avait changé, que maintenant elle était « fière » ; un comble, pour quelqu'un sortant des Solitudes et dont la mère devait se louer chez les autres pour vivre ! Mais Blanche se moquait de l'opinion des gens – de toute façon elle n'y avait jamais beaucoup prêté attention. Et puis finalement, grâce à Célestine Lespinasse, elle avait retrouvé le doux visage de sa mère se levant dans la nuit et se penchant sur elle pour l'embrasser, et la main tendre de son père dans ses cheveux.

Sur la place, le camion du pain était encore

là. Un homme plutôt jeune la servit. Elle ne le connaissait pas mais son pain sentait bon. Elle en prit pour plusieurs jours en espérant qu'il resterait tendre aussi longtemps que celui de Bayard, cuit autrefois dans le four à bois de la boulangerie dont elle voyait la façade muette en face d'elle, de l'autre côté de la place. Elle eut une pensée, un gros regret pour ces pains d'avant, si fermes, à croûte dure, dont Bayard inscrivait le poids à la craie en dessous !

Dès qu'il l'eut servie, le boulanger ambulant baissa le volet de son hayon et repartit en faisant ronfler son moteur. Il n'était pas loin de midi et Blanche devait encore passer à l'épicerie dont elle se souvenait qu'elle se trouvait dans un recoin de la place, pas très loin de l'ancienne boulangerie.

Le soleil tapait, des martinets descendaient en piqué au-dessus des toits en jouant avec le vent qui soufflait par moments et ne parvenait pourtant pas à la rafraîchir. Elle était fatiguée et – elle devait se l'avouer – vaguement déçue. Qu'avait-elle donc espéré ?

Au milieu de la place, elle vit le restaurant qu'on avait bâti en démolissant la moitié du jardin du presbytère, si joli au temps où le curé d'alors y taillait ses roses et entretenait ses lys. A cet endroit, on avait construit un bâtiment en acier, avec de grandes vitres. Elle regretta beaucoup les arbres et les fleurs du jardin. Mais cela, même si l'occasion s'en présentait, elle ne le dirait à personne, on penserait qu'elle était d'une autre époque. Il faut être moderne ! Il faut avancer dans la vie. Pourquoi pleurer sur les vieilles pierres ou les arbres d'autrefois ? D'ailleurs, ils finissent tous par mourir, comme nous.

A la place de la devanture de l'épicerie, elle se trouva devant une façade neuve. Par une fenêtre ouverte dont les rideaux voletaient, elle aperçut une jeune femme préparant sa cuisine. A la table, était assise une petite fille d'une dizaine d'années en robe rouge, fort appliquée à dessiner. Comme elle restait figée, stupéfaite par la disparition de la vieille boutique, un épagneul roux sortit et se mit à aboyer avec un minimum de conviction. La jeune femme, brune, grande, très jolie, vint à sa fenêtre. Elle fit taire le chien et lui demanda ce qu'elle voulait. Quand Blanche parla de l'ancienne épicerie, elle répondit avec un accent qui n'était pas celui du pays :

– Oui, c'est chez nous ! Passez par la ruelle, le magasin est derrière.

Elle exagérait quelque peu en appelant « magasin » le local exigu, rencogné dans l'angle d'une cour fleurie de géraniums saumon, une sorte de garage. Les étagères aménagées contre deux murs supportaient des conserves, des bacs à légumes et des bouteilles d'eau minérale. Blanche préféra éviter de se souvenir de la boutique d'Ambroisine Puech, où sa mère l'envoyait parfois.

– Nous avons dû transformer l'ancienne épicerie pour y habiter, expliqua la jeune femme en constatant la surprise dans le regard de Blanche. Qu'est-ce qu'il vous fallait, madame ?

Malgré le stock restreint entreposé sur les étagères, Blanche trouva ce dont elle avait besoin. La jeune femme rangea les emplettes dans des poches en plastique. Au bout du compte, entre les provisions et les produits de nettoyage pour la maison, cela faisait du volume.

– Ça va être bien lourd tout ça ! dit la jeune femme. Si vous voulez, mon mari peut livrer chez vous cet après-midi, avec la camionnette.

Blanche était réticente. D'un autre côté, comment ramener ce chargement en plein midi ? Finalement elle accepta et remercia pour la gentillesse. Ce ne fut pas facile d'expliquer où elle habitait : la jeune femme n'avait, bien sûr, jamais entendu parler des Solitudes. Mais lorsque Blanche nomma La Cancelade, elle dit :

– Mon mari va livrer là-bas chaque semaine, il trouvera votre maison.

En partant, Blanche ne put résister au plaisir de lui dire qu'elle était très jolie. Quand elle repassa devant la fenêtre, l'épagneul sortit de nouveau pour aboyer. La jeune femme était revenue à ses fourneaux et elle lui sourit. La fillette avait disparu, abandonnant ses dessins. Mais, au moment où elle tournait le coin de la rue, Blanche vit le volant d'une robe rouge dépasser du mur : la gamine surveillait son départ.

Blanche prit le chemin du retour, en évitant deux ou trois maisons. Elle irait un autre jour mais, cette fois, la rencontre de Célestine lui suffisait ! Elle arriva devant le cimetière où elle ne s'était pas arrêtée le matin.

C'était le seul endroit du village qui semblait ne pas avoir changé. Comme autrefois, le même mur gris, maintenant doublé de thuyas, en faisait le tour. Le terrain descendait en pente douce vers les champs. La grille était à peine plus rouillée que dix-huit ans auparavant, quand on avait enterré son père. Elle grinça lorsque Blanche la poussa, ce ne fut pas une surprise. Comme chaque fois qu'elle entrait dans un cimetière, elle se sentit émue et, en même temps, rassurée : seuls les vivants s'en vont, les morts, eux, restent là et attendent. En face de l'entrée, elle retrouva le monument, surmonté d'une croix, portant ses plaques : une grande pour 14-18, une plus petite pour la dernière guerre et enfin, gravé directement sur la pierre, un seul nom, à part, celui de quelqu'un dont elle ne se souvenait pas d'avoir connu la famille et qui avait dû mourir pendant la guerre d'Algérie ou en Indochine. Après le monument, les allées partaient dans les quatre directions, balisées par les tombes bien alignées, les unes à côté des autres. Certaines, très anciennes, portaient des croix imposantes et parfois des encerclements de fer forgé. Certaines se réduisaient à un monticule de terre surmonté d'une croix. Plus loin, elle en vit recouvertes d'une dalle de pierre et quelques-unes en marbre, les plus récentes, souvent les plus laides. On devinait, à la façon dont elles étaient entretenues, l'intérêt ou la désaffection des familles. Les gens qui habitent loin déposent souvent des fleurs artificielles. Sur quelques tombes, de beaux bouquets frais baissaient déjà la tête à cause du soleil. Blanche reconnut ceux apportés le matin, quand on est vieille et qu'on vient voir l'homme qui, ayant partagé votre vie, est mort le premier. On vient lui dire qu'on ne l'oublie pas, on le retrouvera bientôt, du moins on l'espère, même si toutes n'en sont pas sûres. Blanche savait où était le sien, son homme ; et même si cela contrariait les idées qu'il avait défendues toute sa vie, elle était sûre de le retrouver un jour. Oh, non ! Pas à cause de la religion ! Elle avait simplement la certitude que lorsqu'on s'est beaucoup aimés, il doit exister quelque part un endroit où l'on finit par se rejoindre.

Le soleil au plus haut cognait dur sur les pierres et les cyprès ne faisaient guère d'ombre. Dans les champs, les alouettes chantaient à tue-tête, c'était le printemps.

La tombe de sa famille se trouvait vers le bas du cimetière, face au soleil levant, sous un chêne poussant de l'autre côté du mur ; seules quelques branches venaient ombrager l'emplacement. Et Dieu sait qu'il faisait bon à cette ombre après le plein soleil !

Elle s'assit sur la pierre recouvrant ces destins qu'elle était venue retrouver et rejoindre. La mousse avait profité de sa longue absence et recouvrait une bonne partie de la dalle, au point qu'elle dut frotter pour relire les noms. La petite croix dépassait du mur, moins élevé à cet endroit, et se découpait sur le ciel entièrement bleu au-dessus des collines, sous les branches du chêne.

Blanche transpirait un peu mais se sentait bien. Elle leur parla, dit quelques mots à chacun, leur expliqua qu'elle ne les avait pas oubliés, oh non ! Elle les aimait. Ils ne l'entendaient sans doute pas et seuls les oiseaux, cachés dans les feuilles, lui répondaient. C'était égal, elle se sentait heureuse. En parlant seule sur cette tombe, elle disait la vérité : elle était revenue pour eux, pour ne pas laisser l'oubli les recouvrir, les emporter tout à fait.

En face d'elle, se trouvait une autre tombe, un tumulus envahi de folle avoine surmonté d'une belle croix en fer autour de laquelle une couronne en perles montées sur du fil de laiton, presque défaite, pendait misérablement. Il y avait aussi une affichette. Blanche n'avait pas besoin de ses lunettes pour deviner qu'il s'agissait d'un avis de la commune indiquant l'échéance prochaine de la concession. Si personne ne se manifestait, on enlèverait bientôt ceux qui dormaient là, pour gagner de la place. Cela ne risquait pas d'arriver aux siens car elle avait fait le nécessaire à la mort de son père en achetant une concession perpétuelle. Cette idée la rassura et compléta le bonheur doux-amer apporté par cet endroit paisible.

Elle leur parla encore un moment, puis leur dit au revoir en promettant de revenir bientôt. Elle allait retrouver deux d'entre eux – trois si elle comptait son grand-père Hippolyte –, dans la maison des bois où ils avaient passé leur vie.

Elle repartit vers les Solitudes sur le chemin où la terre sèche commençait à combler les ornières creusées par les voitures pendant l'hiver. De chaque côté, les champs étaient verts d'une herbe grasse et souple, les fossés remplis de fleurs de toutes les couleurs. Les premiers lézards se chauffaient au soleil sur les murs des fermes devant lesquelles Blanche passait vite, se cachant presque, ne souhaitant plus parler à personne. Avant d'entrer dans les bois, elle aperçut Le Caussanel où elle irait un jour, plus tard, pour savoir ce qu'était devenue Valentine. Elle ne se sentit rassurée – d'une crainte qu'elle n'aurait su exprimer – que lorsque le chemin pénétra sous les arbres.

A la fin de l'après-midi, le jeune homme de l'épicerie vint avec sa camionnette lui livrer ses emplettes. Il s'était avancé sur le chemin du champ de Fargues puis avait dû s'arrêter, à cause de la clôture à moutons. Il n'était pas seul, il avait amené la petite fille qui dessinait dans leur cuisine et s'était cachée pour observer Blanche... Elle s'appelait Laurence. « J'ai dix ans », annonça-t-elle à Blanche, en se haussant un peu sur la pointe des pieds. Après, elle fit le tour de la maison en furetant partout. Pendant ce temps, Blanche parla avec son père. Il était grand et brun, comme sa femme. Quand elle le questionna sur son accent, il lui dit venir de Toulouse. Il s'appelait Pierre Cathala et avait trente ans. En compagnie de sa jeune femme, il avait vendu quelque temps, là-bas, des pizzas sur les marchés. Un jour, ils en avaient eu assez de vivre en ville. Dans le journal, une annonce proposait un commerce à vendre. Le propriétaire de l'épicerie souhaitait prendre sa retraite et ne trouvait pas de successeur sur place. Avec la jeune femme, qui n'était pas encore sa femme, « Mais ça ne tarderait pas ! » ajouta – sans doute à cause de l'âge de Blanche – Pierre Cathala, ils avaient décidé de venir ici. Réunir les sous n'avait pas été facile mais quelqu'un de leur famille les avait aidés. Maintenant ? C'était dur : ils y arrivaient juste. Ils commençaient seulement à avoir une clientèle régulière. Et puis l'épicerie rendait service à tout le monde ! Alors ? Il fallait bien continuer. Elle comprit que la vie n'était pas facile pour eux à Mayral.

Blanche demanda au jeune homme de lui procurer ce qui lui manquait. Quand elle parla de l'éclairage, il dit qu'il lui restait des bougies dont on se servait encore au village en cas de panne de courant. Il les lui apporterait, ça ferait l'affaire en attendant qu'il lui trouve une lampe à piles chez le quincaillier d'Albagnac. Il n'était pas question que l'on vienne jusque chez elle installer l'électricité. Quelle importance ? Le soleil se couchait déjà tard et, quand l'ombre venait, Blanche était trop fatiguée pour rester éveillée beaucoup plus longtemps.

Cathala dit qu'il aimait l'endroit où elle vivait. Il était passé ici, deux ou trois fois, en allant pêcher dans l'Aveyron, mais avait à peine remarqué la maison.

A la fin, il voulut savoir si elle comptait vivre là, seule, au milieu des bois. Il n'eut pas l'air trop étonné par sa réponse affirmative. Elle lui demanda s'il pourrait, en lui payant le déplacement, livrer régulièrement ses provisions dont elle lui donnerait la liste, chaque semaine.

– Avec plaisir, répondit le jeune homme. Et même ce sera gratuit. Je passe de toute façon par ici pour livrer à La Cancelade. – Il ajouta, avec un léger sourire : Et puis voilà : je vous trouve sympathique !

Blanche imagina qu'il devait la considérer comme une sorte d'excentrique, dans le genre de ceux de la génération précédant la sienne qui partaient s'installer dans des fermes abandonnées ou des villages en ruine.

Quand ils s'en allèrent, la fillette lui fit « au revoir » de la main, au bout du chemin. Blanche pensa que, la prochaine fois, il faudrait qu'elle lui parle des vipères, qu'elle se méfie !

Après leur départ, Blanche s'acharna pour évacuer la saleté accumulée dans la maison. Elle alla jeter, un peu plus haut dans le bois, ce qui était cassé, en trop mauvais état pour servir encore, dans une espèce de trou où déjà sa mère se débarrassait des ordures.

Elle remit la cheminée en service. En se penchant, elle vit que l'intérieur était propre, son père avait dû le ramoner avant sa mort ; comme elle était survenue à l'entrée de l'hiver, le conduit n'était pas encore encrassé. Le bois sec ne manquait pas dans la forêt : personne ne le ramassait plus.

Même après avoir éliminé beaucoup d'objets inutilisables, il lui restait assez de vaisselle et d'ustensiles, un peu ébréchés ou cabossés, mais après tout... Elle aurait pu emporter ce qu'elle avait à Paris. A quoi bon ? Quand elle pensait à ce qu'on entasse dans une vie ! Les placards de l'appartement étaient pleins et, pourtant, elle n'avait jamais eu de gros moyens. Et avec quelle facilité elle l'avait abandonné ! Elle ne commettrait pas la même erreur aux Solitudes : s'encombrer. Elle sentait, confusément, que dans cet abandon des choses, ce dédain des objets, elle trouverait peut-être une liberté qui lui permettrait de refaire son chemin à l'envers.

Elle nettoya la maison de fond en comble ; elle cira même les meubles avec un vieux pot de cire d'abeilles, déniché sous le lit. Elle découvrit un des draps du trousseau de sa mère dans la petite armoire où elle rangea les vêtements qu'elle avait emportés. Le sol avec son carrelage en terre cuite était propre et brillant, les vitres lavées laissaient pénétrer le jour, même si elle dut remplacer deux carreaux par du carton, en attendant d'aller à Albagnac demander au menuisier de venir les changer. Il manquait une étagère dans le cantou et il faudrait remonter le banc déglingué. Mille choses à faire ! Elle avait le temps jusqu'à l'hiver ; sa vie lui permettrait-elle de l'atteindre ? L'avenir n'était pas le plus important. De nouveau « chez elle », elle se tournerait plutôt vers le passé.

7

LE lendemain matin, le présent fit irruption aux Solitudes en la personne de René Fargues. Le lever du jour avait jeté Blanche hors de son lit dans une maison propre grâce à son grand nettoyage et tenue chaude par les braises encore rouges. La bruine, une poussière d'eau mais très régulière, tombait depuis la fin de la nuit d'un ciel gris souris bouchant l'horizon juste après la cime des arbres. Derrière sa fenêtre, Blanche regardait vers la rivière, essayant d'apercevoir les limites de son nouveau monde. Elle avait découvert la veille une espèce de houe dans les outils de son père et coupé les buissons, les rejets de noisetiers et les ronces, qui avaient envahi tout le bord du chemin et cachaient la vue du grand champ en pente descendant vers les berges. Petit à petit, elle retrouvait les repères oubliés. L'ancien chemin grimpait vers la maison au travers de l'herbe depuis la rivière, cachée dans les arbres qui la longeaient, pointillant son tracé. Autrefois, les attelages remontaient par là les troncs abattus par les bûcherons. Au fil des ans, les sabots des bœufs et les baliveaux tirés par des chaînes avaient creusé la terre du chemin. A présent, l'herbe et les boues d'orage comblaient ces traces, mais on voyait toujours serpenter le sentier au milieu du champ. A l'automne, son père récupérait dans les fonds le bois abandonné, ne valant pas la peine d'être vendu, ne valant rien sauf pour lui. Il en faisait de gros fagots et les montait ensuite sur son dos jusqu'à la maison. C'était un travail pénible mais elle se souvenait surtout de cette saison magique, l'automne, où les arbres du bois et de la rivière posaient des panneaux d'or sur le ciel souvent traversé de nuages. Elle voyait davantage ces merveilles que la peine de son père.

Ce matin-là, les feuilles étaient vertes et luisantes de pluie. Vers neuf heures, Blanche vit apparaître un homme, très grand, très gros. Il regardait dans sa direction. C'était la première visite qu'elle recevait, en dehors de Michel et du jeune Cathala, et elle se demanda, d'abord, qui cela pouvait être.

Elle sortit. Il l'examina un moment sans rien dire. Il avait la figure rouge et sa tignasse de cheveux bruns en bataille commençait à grisonner. « Cinquante ans, pensa-t-elle, peut-être un peu plus. » Il portait une espèce de ciré verdâtre et des bottes en caoutchouc. Il devait espérer qu'elle parlerait la première mais elle n'en fit rien. Alors, il lança :

– C'est vous Blanche Brunel, la fille de Joseph ?

– Oui, et toi, qui tu es ?

Elle s'en doutait, depuis qu'elle avait reconnu sur son visage les traits d'Antonin Fargues, sa terreur d'enfant ; mais il lui fallait jouer l'ignorante. Il la regarda encore, probablement stupéfait par le tutoiement. Allait-il continuer à lui dire « vous » ? Il hésitait, finalement il dit :

– René Fargues ! Je suis venu vous parler...

Il était encore assez respectueux de son âge pour la vouvoyer ! Un atout pour Blanche. Aimable, elle demanda :

– Tu veux entrer ?

– Non, c'est pas la peine...

Comme elle haussait seulement les épaules, il ajouta très vite :

– ... pour ce que j'ai à vous dire !

Depuis le début, il regardait à l'intérieur de la maison par la porte restée ouverte. Blanche avait fait repartir le feu en se levant, les braises crépitèrent dans un courant d'air. Il dit d'un ton sec :

– Vous devriez faire attention, faudrait voir à pas mettre le feu dans tout le bois !

Elle répliqua :

– Te tracasse pas pour le feu ! J'en ai fait d'autres avant celui-là ! Plus souvent que toi, peut-être ! Mais je suppose que tu n'es pas venu simplement pour me donner des conseils de prudence ?

Se balançant d'un pied sur l'autre, il hésitait encore à parler de l'essentiel. La pluie avait cessé brusquement et un soleil timide apparut entre les haies, posant une grande tache claire sur le champ. Elle pensa qu'il fallait l'aider un peu. Sans cela, ils en avaient pour la matinée !

– C'est de toi que Michel m'a parlé, non ?

Il hocha la tête, elle ne lui laissa pas le temps de répondre et ajouta, sèche à son tour :

– Il paraît que tu prétends que les Solitudes sont à toi.

Elle lui facilitait les choses. Il parut soulagé, puis elle vit une grosse ride barrer son front. Il répliqua :

– C'est exactement ça ! Vous n'êtes pas chez vous, ici ! Cette maison appartenait à mon père. Même s'il a laissé Joseph Brunel y habiter, ça ne veut rien dire ! Il va falloir que vous partiez !

Il était très rouge maintenant et parlait de plus en plus fort. Blanche, malgré la colère qu'elle sentait monter, se força à sourire.

– Rien que ça, René Fargues ! Et d'où tu tiens que la maison était à ton père ?

Surpris, il écarta les bras et :

– Il me l'a toujours dit.

– Et ça te suffit ? Il ne t'en faut pas beaucoup ! Non, la maison n'a jamais été à ton père : Clément, ton grand-père, l'avait donnée au mien. C'était Antonin qui prétendait qu'il nous laissait habiter là parce qu'il voulait bien. En fait, il avait dû le jurer à ton grand-père !

Il eut l'air étonné qu'elle le sache. Alors il réfléchit, vite, mais Blanche voyait que ça lui coûtait beaucoup : il ne devait pas être très intelligent. A la fin, il dit :

– C'est vrai que mon père avait promis de laisser votre grand-père et Joseph vivre là, mais après leur mort la maison devait revenir à ma famille. Maintenant qu'ils ne sont plus là, la famille, c'est moi ! Et la maison, j'en ai besoin : je compte installer une porcherie ici.

Elle dit, toujours très calmement :

– Tu oublies plusieurs choses ! D'abord, tout ce que mon père a fait pour le tien. Chaque fois qu'on avait besoin d'un coup de main à La Cancelade, on venait chercher Joseph ; c'était bien commode, pardi ! On ne le payait pas souvent, simplement, on lui fichait la paix, en lui faisant sentir, tout de même, que c'était déjà beaucoup. Je ne te parle pas du chevreau qu'il apportait chez toi à Pâques, chaque année. Je suppose que tu ne t'en souviens pas ! Surtout, tu oublies le papier que ton grand-père a écrit au mien, dans lequel il lui donnait les Solitudes, la pièce de bois qui est autour, sans compter la moitié du chemin pour y venir !

Il avait l'air stupéfait. Il avait forcément entendu parler du papier, mais il devait croire qu'elle ignorait son existence. Blanche, très calme en apparence, continuait à lui sourire mais elle réfléchissait à son tour. Il ne faudrait pas qu'il exige de voir la donation : elle n'avait aucune idée de l'endroit où son père l'avait mise. En tout cas, elle ne se trouvait pas dans les documents réunis dans un carton, avec des photos, qu'elle avait découverts en arrivant. Elle comptait les examiner plus attentivement, mais le papier n'y était pas. Par chance, René Fargues n'était pas Antonin qui criait beaucoup plus fort ! Elle ne savait pas si, dans ce cas, elle aurait gardé le sourire. Surtout, il faudrait qu'elle montre le papier ! Et tout de suite ! Son fils n'était pas du même bois. Elle se souvenait de ce qu'on racontait. Il s'était fait avoir par une fille d'Albagnac. Pas très jolie, elle avait réussi à se faire épouser en lui racontant qu'elle était enceinte et ne l'avait été, vraiment, que deux ans plus tard.

Visiblement, René Fargues se demandait quoi faire. Il finit par crier :

– Bon, puisque c'est comme ça, on ira voir le notaire ! Lui saura bien vous faire comprendre qu'il vous faut déguerpir d'ici !

Elle répondit :

– Là, tu vois, de nouveau tu te trompes ! Quand je montrerai le papier au notaire, il faudra que tu me fasses des excuses. Quant à partir, ce n'est pas près de se produire. Un jour oui, mais alors, je serai morte ! Et, même à ce moment-là, tu n'auras pas les Solitudes.

« Tout ce que je dis : de la poudre aux yeux ! » pensa Blanche. Mais l'autre ne s'en rendait pas compte. Trempés par la pluie du matin, les arbres dégoulinaient ; une grosse goutte tomba sur le front de René Fargues et descendit jusqu'au bout de son nez. Il renifla une ou deux fois avant de l'essuyer.

– On verra ça !

Maintenant, il était vraiment en colère. Il tourna les talons et partit. Sur le chemin, il trébucha sur une pierre et flanqua un grand coup de pied dedans. Puis il lui cria, en se tournant à moitié :

– On verra ça ! On verra si vous faites la loi chez moi ! En tout cas, que je vous voie pas dans mes champs si vous ne voulez pas prendre un coup de fusil dans les jambes !

Cette menace n'inquiéta pas beaucoup Blanche. A l'évidence, il manquait trop de cran pour lui tirer dessus !

Après son départ, le ciel s'obscurcit brusquement, éteignant la tache de clair au-dessus du champ, la pluie recommença de tomber, plus forte. Blanche rentra et tisonna le feu. Il faisait froid et il pleuvait à seaux. Elle ajouta une bûche, les flammes montèrent. Elle s'assit devant, sur un tabouret de traite, et réfléchit. Bon, il n'était pas très fort, c'était évident. D'un autre côté, elle n'avait pas, elle, mis la main sur la donation de Clément ! Alors, qu'est-ce qui prouvait qu'elle était dans son bon droit ? S'ils allaient chez le notaire tous les deux, il lui faudrait bien montrer ce maudit papier. Blanche rajouta encore une bûche. Elle se sentait moins fière que tout à l'heure, presque découragée. Tout devenait si difficile... Si elle devait partir d'ici, où irait-elle ? Toute sa vie, elle avait eu peur de finir dans un hospice. Désormais, si on lui prenait les Solitudes, elle n'avait plus rien. Elle demeura un moment pensive, légèrement engourdie par la chaleur du feu, à brasser des idées noires.

Elle se rappela avoir dit à René Fargues qu'à sa mort les Solitudes lui échapperaient, de toute façon ! Et comment ? Par quel miracle ? Il n'y avait personne après elle ! Elle se rendit compte qu'elle n'y avait jamais réfléchi... De l'imaginer lui fendait le cœur ! Si elle était revenue, n'était-ce pas, aussi, pour que cette maison revive et existe encore après elle ? Et l'autre avait parlé d'en faire une porcherie !

Peu à peu, le feu réchauffant la pièce réveilla les vieilles odeurs, ses souvenirs. Elle s'efforça de reprendre courage et, dès lors, elle vit mieux la situation. Pourquoi irait-elle à l'hospice, après tout ? Au pire, elle choisirait une petite maison à louer dans le pays. Cela ne la rassura guère, elle comprit : l'idée insupportable c'était de perdre les Solitudes ! Mais enfin ! Rien n'était encore perdu ! Il fallait retrouver ce papier à tout prix ! Elle se sentit prête à remuer ciel et terre pour le débusquer.

La dernière fois que son père lui avait parlé de la donation était aussi la dernière fois que Blanche l'avait vu vivant. Elle fouilla dans sa mémoire. Qu'avait-il dit à ce sujet ? Elle ne parvint pas à se rappeler, elle entendait seulement Joseph crier. Ils s'étaient disputés une nouvelle fois, parce qu'il avait dit du mal d'Étienne, qu'il n'avait jamais aimé. A l'époque, Blanche croyait que c'était à cause « des idées » de son mari. Maintenant, elle se demandait si ce n'était pas plutôt parce qu'il était arrivé sur le chemin des bois, un jour de l'été 1937, et l'avait emmenée avec lui, loin de chez eux, en ville ; pour son père, au bout du monde ! A cause de l'hostilité de Joseph vis-à-vis d'Étienne, Blanche, il est vrai, n'avait pas très souvent donné de ses nouvelles ! Aujourd'hui, elle le regrettait. Bon, c'était la vie ! La leur n'était pas tellement facile non plus !

Deux jours plus tard, un dimanche, Pierre Cathala revint. Il allait à la pêche et trimballait tout un attirail. Laurence était avec lui. La petite préféra rester avec Blanche qui affirma, en souriant à son père, que cela ne la dérangerait pas du tout.

La fillette voulut visiter la maison. Elles en firent vite le tour. Ensuite elles allèrent se promener. Laurence parlait sans arrêt et posait des tas de questions. Blanche lui montra les fleurs et les arbres. Elle en savait déjà beaucoup pour son âge. Oui, elle regardait la télévision. Mais elle préférait se balader avec son père à travers la campagne. La pêche ? Non, elle n'aimait pas trop l'y accompagner !

– On ne bouge pas pendant des heures ! dit-elle. Tu comprends ?

– Tu parles, si je comprends ! répondit Blanche. Et l'école ? Tu aimes ça ?

Laurence répondit par une moue. Elle fréquentait encore celle de Mayral mais, l'année suivante, elle devrait aller, tous les jours, à Albagnac avec le car de ramassage scolaire.

Comme elles se tenaient dans un champ, vers les Aumières, où plus personne n'habite aujourd'hui, Blanche ressentit une drôle d'impression. Assise au bord du fossé, elle regardait Laurence cueillir des fleurs. Là, pendant quelques minutes, il lui sembla revoir deux fillettes, elle-même et Valentine, au même âge que la petite ! Il y avait si longtemps ! C'était effrayant d'y songer, pourquoi tout avait-il ainsi disparu de la surface du monde tandis qu'elle, Blanche, s'y trouvait encore, et ne se sentait pas très différente de celle qu'elle était alors ? Bien sûr, elle souffrait de sa hanche, entendait moins bien les oiseaux, les limites du champ étaient un peu floues, mais elle frissonnait de la même façon qu'autrefois, sous la caresse du vent, et le serpolet avait bien la même odeur. Pourquoi tout le reste l'avait-il abandonnée, plantée là, au bord d'un chemin qui paraissait ne pas avoir de fin ? Fugitivement, elle pensa à l'enfant qu'elle n'avait jamais eu. Elle l'avait désiré très fort les premières années de son mariage. Cela aussi était enterré au fond de son cœur. Quand la fillette revint, elle dit :

– Pourquoi tu pleures, Blanche ?

– Ce n'est rien, les vieilles femmes pleurent comme ça, parfois, sans raison...

– Toi, tu n'es pas vieille... enfin, pas trop !

Puis elle s'approcha d'elle et l'embrassa sur la joue, en lui tendant le bouquet de lupins qu'elle venait de cueillir :

– Tiens ! Elles sont pour toi.

Le lendemain, dès son réveil, elle pensa au papier de Clément Fargues. Cela devenait une obsession ! Impossible de se souvenir de ce que disait son père à ce sujet. Il ne restait qu'une chose à faire : chercher encore ! Peut-être cela finirait-il par lui revenir. D'abord, il fallait examiner de nouveau les affaires dans le carton. Elle alla le prendre, en bas de l'armoire. Elle tira la table devant la fenêtre parce que la lumière était basse. Dehors, le ciel était gris, occupé dans toute son étendue par d'énormes nuages noirs venant de l'ouest.

Elle s'assit, prit une poignée de papiers et l'étala sur la table. La photo du mariage de ses parents lui sauta aux yeux. Une grande photo sépia, un peu tachée, collée sur un carton gris, sous un rabat corné. La netteté de l'image, malgré les années, rendait presque tangible la présence des personnages qui y figuraient. Blanche oublia le papier, entièrement occupée à se souvenir du récit de son père à propos de l'installation d'Hippolyte et de sa famille aux Solitudes, qui marquait le vrai début de son enfance à lui,

Joseph, le point de départ vers sa jeunesse, ce chemin difficile et merveilleux aboutissant à cette photo, au jour où elle avait été prise.

Quand Hippolyte emménagea aux Solitudes, le 2 novembre 1900, sa famille s'était agrandie. Joseph avait maintenant dix ans et deux autres enfants étaient nés : Armand en 1892 et Marie en 1899. La maison était bien petite pour contenir ainsi cinq personnes. Mais ils étaient chez eux. C'était un grand pas en avant pour Hippolyte et Eulalie. Bien sûr, tout n'était pas entièrement terminé et il faudrait longtemps avant que ce le soit, mais l'hiver pouvait venir, ils seraient à l'abri.

A dix ans, Joseph était déjà capable d'aider sa famille. Quand on possédait si peu pour vivre, il n'était, bien sûr, pas question d'aller à l'école, même seulement jusqu'à Pâques comme faisaient la plupart des enfants de la campagne à cette époque. Le petit Joseph commença à garder les bêtes pour le compte des gens des Bastries, un hameau de quelques feux qui dressait, à trois kilomètres de Mayral, sur une crête battue par le vent, ses grands pans de murs rouges. Là-bas, il rencontra un vieux bonhomme dont il parlerait souvent à sa fille avec émotion. Louis Maurel ne possédait rien sauf deux talents qui allaient plus tard aider beaucoup le père de

Blanche. Il savait lire, ce n'était pas si fréquent à cette époque, et tresser des paniers.

Louis Maurel s'aperçut que Joseph avait quelques rudiments de lecture et d'écriture – acquis grâce à Eulalie qui savait elle aussi se débrouiller un peu. Pendant les trois ans que le garçon passa aux Bastries comme gardien de bétail, le vieux Maurel lui apprit à très bien lire et écrire. Il lui prêta des livres, de vieux almanachs de bergers et des livres révolutionnaires – vestiges d'un passé de communard dont il ne parlait jamais. Dans les premiers, son père apprit surtout à connaître les coutumes et les dictons des autres régions de France, dans les seconds, Blanche ne se souvenait pas qu'il eût puisé beaucoup d'idées définitives sur la société ; de toute façon, la vie, avec le lot de misères qu'elle lui apporterait ensuite, le mettrait, sans qu'il soit besoin de grandes théories, dans le camp des malheureux. Peut-être, en réfléchissant, Blanche pouvait-elle supposer qu'il y apprit la haine de l'injustice car il la manifestait en maintes occasions.

Pendant longtemps Louis Maurel avait fabriqué des paniers pour son compte, en dehors de ses heures de travail. Quand le père de Blanche vint aux Bastries, Louis, devenu vieux, ne faisait plus que le vannier ; le maître lui avait permis de garder la cabane qu'il occupait, contre de petits travaux de jardinage. Ce fut, après la lecture, le deuxième talent dont il fit profiter Joseph. Il lui apprit à confectionner des paniers, beaux, solides, tressés avec les brins d'osier qu'il allait couper dans les marais de Maudétour et faisait sécher en botte près de son feu, comme le ferait plus tard son apprenti. Tout au long de sa vie, cette activité permettrait au père de Blanche de se tirer d'affaire. Souvent, au moment où cela allait le plus mal, il parvenait à vendre quelques banastes et s'en sortait.

Blanche aurait voulu connaître la vie de ses grands-parents aux Solitudes dans ces premières années du siècle. Comment ? Plus personne ne pourrait le lui dire. Les rares vieilles femmes survivant encore de cette époque, et qu'elle-même rattrapait peu à peu, ne se souviendraient peut-être même pas de ces gens vivant au fond des bois et se rendant sans doute rarement au village. Alors, ce qui se passait aux Solitudes ! Hippolyte et Eulalie avaient quarante ans. Lui travaillait toujours aux Granges Rouges, elle s'occupait de la maison et des enfants. Joseph rentrait tard : depuis les Bastries, le chemin était long et le vieux Maurel lui apprenait à faire des paniers seulement après la journée de travail. Son père, en dehors des souvenirs concernant son « professeur », avait rarement parlé de cette époque à

Blanche. Par exemple, il ne lui avait pas dit grand-chose sur sa mère, Eulalie, dont elle se souvenait à peine. Blanche avait peu vu sa grand-mère, morte alors qu'elle était encore une petite fille, se rappelant juste d'une vieille femme – pourtant elle n'avait même pas atteint l'âge qui était le sien aujourd'hui –, vêtue de noir, petite et terriblement ridée, qui donnait à manger à ses volailles. Quand Blanche regarda la photo, elle ne la vit pas. L'humidité avait mangé tout un angle ; reconnaissant Hippolyte près de la tache, elle imagina qu'Eulalie se tenait dans la partie effacée. Ainsi la petite vieille oubliée avait-elle disparu là aussi, elle qui avait été la jeune fille aux si jolis yeux dont Hippolyte était tombé amoureux à la fête d'Albagnac, un soir de moisson. Disparue, envolée, comme des millions d'autres dont rien dans la vie n'avait jamais attiré l'attention de personne. Cependant, Blanche y pensait : sans Eulalie, elle-même ne serait pas là, comme, sans les autres, rien ne serait arrivé des grands événements dont on parlait, et n'auraient même pas vécu les grands hommes dont on vénérait la mémoire. Mais, grâce à ces anonymes, recouverts, effacés par le temps, le reste avait été rendu possible et le monde avait continué d'exister.

Ce fut une période moins mauvaise que bien d'autres dans la vie de la famille. D'abord, Hippolyte avait réussi quelque chose de grand en possédant sa maison. Qu'on le veuille ou non, il était propriétaire ; les raisonnements de René Fargues n'y changeraient rien. Et aussi, à cette époque, on trouvait plus facilement du travail. Beaucoup de gens avaient quitté le pays dans les dernières années du siècle. La plupart étaient allés à Paris où nombre d'entre eux avaient réussi dans la restauration ou le commerce. D'autres s'étaient installés comme artisans dans les villes de la région. Enfin, certains avaient choisi le bassin houiller de Decazeville, croyant mieux gagner leur pain, alors que la vie y était plus précaire et souvent dangereuse. Ainsi ceux qui restaient sur les terres purent-ils pendant quelque temps trouver de l'emploi. C'était le cas d'Hippolyte ; durant ces années, il avait travaillé aux Granges Rouges, sans les périodes terribles que connaîtrait par la suite le père de Blanche, passant des mois sans se louer, obligé de vivre d'expédients.

Il faut dire que leurs besoins étaient modestes. La plupart des meubles retrouvés par Blanche aux Solitudes avaient été achetés par Joseph et Lucie. Ses grands-parents, eux, dormaient sur des paillasses, leurs enfants aussi. Il y avait juste une table – loin d'être belle comme celle en noyer qui luisait de patine, maintenant qu'elle l'avait nettoyée et cirée –, un banc et un râtelier dans lequel on mettait le pain, les victuailles quand on en avait – et il fut rarement rempli ce râtelier des Solitudes ! Le reste était rangé sur deux étagères. Le buffet, l'armoire et le lit arrivèrent plus tard.

La famille vivait là, dans l'éloignement des bois, et Blanche se demandait ce qu'ils savaient des événements agitant le monde. Seul son grand-père aurait pu ramener des nouvelles fraîches à la maison, mais les siennes concernaient le plus souvent la terre, les fermes, les familles. Que pouvait signifier, pour eux, que tel ou tel soit président du Conseil ? Même les grandes affaires, ils avaient dû les ignorer. Sauf, peut-être, les troubles provoqués par la fermeture des écoles privées en 1905, puisque, ce pays étant très attaché à la religion, il y avait beaucoup d'établissements libres. Leurs enfants à eux n'allaient pas à l'école, ou si peu de temps ! Cela ne comptait guère. Deux ans plus tard, par contre, Blanche savait qu'ils avaient eu connaissance de la révolte des vignerons du Midi. Manœuvre à Albagnac, un ami d'Hippolyte était originaire du Languedoc. Chose rare : d'habitude l'inverse se produisait, les gens descendaient vers le pays des vignes, au moins pour les vendanges. En apprenant ce qui se passait, cet homme était reparti chez lui. Il n'avait pas de famille mais voulait rejoindre les autres vignerons. Il avait envoyé à Hippolyte une carte postale qu'Eulalie dut avoir bien du mal à déchiffrer. Blanche la retrouva dans le carton. Elle représentait Marcelin Albert, le chef de la révolte des vignerons, auréolé d'un bandeau avec l'inscription : « Le Rédempteur ». Blanche connaissait cette « révolte des gueux » de 1907. Le père d'Étienne, petit propriétaire de vignes dans le Gard, avait participé aux grandes manifestations de Nîmes et de Montpellier.

En recevant la carte du gars de Narbonne, les grands-parents avaient dû se demander ce qu'elle représentait. Mais, bah ! C'était un signe d'amitié, la seule chose importante. Aux dires de Joseph, ils n'avaient jamais revu le bonhomme.

Au bout du compte, l'histoire du monde, les grands événements signifiaient peu à côté de leur vie de tous les jours. Le plus clair de leur temps – ce serait encore plus vrai pour le père de Blanche – était consacré à assurer le pain quotidien. Les saisons se succédaient, chacune amenant ses travaux. S'ils essayaient de voir un peu loin devant eux, c'était uniquement à l'approche de l'hiver. Alors, tout s'arrêtait ; on devait y penser assez tôt pour ne pas être démunis quand il arriverait. Dans ces temps-là, il était beaucoup plus rigoureux qu'aujourd'hui. Blanche avait toujours entendu son père l'affirmer : au cours des siècles, les saisons suivaient un cycle pendant lequel il faisait de plus en plus froid en hiver ou de plus en plus chaud en été. Selon lui, cela changeait tous les vingt-cinq ans environ. Il ajoutait même, à l'intention d'Étienne, qu'on n'avait pas besoin d'avoir fait des études pour savoir ça, il suffisait de regarder autour de soi et d'écouter les anciens : « Ce qu'on ne fait plus guère aujourd'hui... », ajoutait-il, avec un petit sourire forcé.

En 1905, Joseph, âgé de quinze ans, partit pour la montagne. Ce fut une aventure dans sa vie, la seule fois qu'il quitta le pays.

Au printemps, de Saint-Martin-des-Neiges était descendu Ludovic, le frère cadet d'Hippolyte. Ce dernier était allé là-haut, six ans plus tôt, chercher les poutres pour son toit. Ludovic voulait voir où et comment vivait son frère. Dans la conversation, il dit qu'il aurait bientôt besoin d'un aide quand il remonterait sur le plateau d'Aubrac pour l'estive, avec le troupeau de la grande ferme du causse Comtal pour laquelle il travaillait en été. Hippolyte lui proposa de prendre Joseph avec lui. Le garçon était fort, cela lui ferait voir du pays. Eulalie rechigna sûrement mais son fils ne demandait pas mieux que de quitter les bois quelque temps et de connaître le monde ! Il partit finalement, la musette sur le dos, en compagnie de Ludovic.

Le père de Blanche gardait un souvenir précieux de son séjour là-bas. Le pays, bien différent du sien, l'avait impressionné. Quand Blanche était une toute petite fille, il lui parlait parfois, durant les veillées d'hiver, des grands pâturages s'étendant à perte de vue, sans haies, sans bois pour les séparer. Il n'y avait que le ciel au-dessus de leurs têtes. Quand ils arrivaient là-haut, en juin, les nuits encore très froides étaient le plus souvent pleines d'étoiles. Ils menaient les vaches qu'il fallait traire le matin et le soir. Ensuite, avec le lait, ils fabriquaient les fromages, les tommes de Cantal. Un jour finissait, le lendemain ils recommençaient et leur vie se passait ainsi.

Un personnage extraordinaire, inoubliable pour Joseph, vivait là-haut. Un jour qu'il était tombé, sa cheville était devenue violette. L'entorse était grave et le patron avait déclaré que c'était mauvais signe : selon lui, Joseph boiterait toute sa vie. Mais un des hommes, qui venait de Marvejols, avait dit : « Il y en a un qui peut l'empêcher de souffrir plus tard comme tu dis : c'est Pierrounet ! » Les autres avaient approuvé et on l'avait porté jusque chez lui, à dix kilomètres de là.

Pierrounet avait fort impressionné son père.

C'était un rebouteux, à cette époque on disait un « rhabilleur ». Sa réputation s'étendait loin au-delà du plateau. On venait le voir de Paris et même d'Amérique : des dames « de la Haute » qui descendaient du train à Aumont-Aubrac et montaient chez lui en boghei ! En tout cas, depuis qu'il exerçait ses dons, Nasbinals, le village où il était né et où il vivait, avait prospéré au point qu'on avait dû construire des hôtels pour héberger les clients venus d'ailleurs. Pierrounet l'avait d'abord regardé sans s'occuper de sa cheville. Joseph souffrait beaucoup, l'autre lui avait longuement parlé et son père disait à Blanche qu'il avait senti « une grande paix » le gagner. Peu à peu, il n'avait plus souffert du tout. Alors Pierrounet avait saisi son pied entre ses doigts et, avec ses pouces qui étaient très longs et plats, il avait remis en place sa cheville blessée. Quand Joseph racontait cette histoire à sa fille, à chaque fois il soulevait le bas de son pantalon et lui disait : « Regarde ! On ne voit plus rien depuis que Pierrounet m'a remis ça en place ! Et je n'ai jamais boité à cause de ma cheville, de toute ma vie. » Il était fier d'avoir été soigné par ce personnage devenu légendaire dans le pays, au cours des années.

De ces trois étés passés sur la montagne, Joseph se souviendrait toujours. Il avait connu là une liberté nouvelle qu'il ne devait jamais retrouver. Cela, il l'ignorait, n'imaginant pas, à ce moment-là, qu'il serait bientôt rivé aux Solitudes d'où son sens du devoir l'empêcherait de s'échapper.

Pendant son absence, la vie avait continué dans les bois. Son frère, Armand, l'avait remplacé comme gardien aux Bastries. Mais le vieux Louis Maurel était mort entre-temps, et Armand n'apprit guère à lire et pas du tout à tresser l'osier. D'ailleurs, il n'aurait nul besoin d'apprendre un métier. Marie, la fille cadette, ne quittait pas les jupes d'Eulalie. Hippolyte continuait, avec la force immuable des gens de ce temps-là, à se rendre chaque jour aux Granges Rouges et il n'en revenait que pour continuer de travailler pour lui : le potager, le ramassage du bois.

En octobre 1908, Joseph redescendit de la montagne avec les troupeaux. Cette fois, au lieu de passer l'hiver dans la ferme, sur le causse Comtal, du propriétaire des bêtes, comme les deux hivers précédents, où il n'était revenu chez Hippolyte et Eulalie que trois jours à la Noël, il dit au revoir à ceux qui avaient vécu l'été avec lui sur les pâturages et, la musette sur le dos, reprit le chemin des Solitudes. Il était devenu grand et fort, il était beau garçon, il venait d'avoir dix-huit ans.

8

C'ÉTAIT l'automne quand Joseph rentra. Il rejoignit avec bonheur les Solitudes, les collines, les vallons de son pays, et les grands arbres dont il aimait les couleurs à cette saison. Certains étaient rouges comme des feux allumés dans la forêt et Blanche se souvenait de son père les lui désignant de sa grosse main, dans les rares périodes de répit après les interminables journées de l'été et avant que ne vienne le moment de se préparer à l'hiver. Durant ces brèves accalmies accordées par « la vie », il se rapprochait de sa fille et tentait, autant que cela lui était permis, de lui faire partager ce qui le touchait. Elle en avait gardé un goût profond pour l'automne, une nostalgie infinie pour l'époque où son père lui montrait le feu des érables et l'entraînait dans des sous-bois sombres où l'air léger était fleuri de mousses, à la recherche des champignons qu'il savait si bien dénicher et qui procuraient quelques repas aux Solitudes.

Ayant vécu trois ans sur la montagne et connu une liberté qu'il ne devait jamais retrouver, il avouait parfois regretter de n'avoir pas osé partir à nouveau. Pourtant, la vie là-haut ne devait pas être très différente de celle des gens comme lui, entièrement vouée au travail. Blanche comprenait, à présent, ce qu'il voulait dire. Il avait voyagé, connu la route et ses surprises, les inconnus qu'on y rencontrait, des villages autres que ceux de son pays. Déjà, sur le causse Comtal, cependant plus proche que le plateau, le monde paraissait étranger, et il y avait vécu deux hivers, dans la grande ferme abritant le troupeau après l'estive. Le monde était neuf, là aussi – et exaltant –, parce que le causse déroulait sous le ciel sa végétation rase, ses plantes qui sentaient bon, c'était une contrée d'espace, sans les limites de son vieux pays à lui, avec ses haies, ses chemins étroits et tortueux, ses champs privés d'échappées, et ses petites exploitations dont la plupart suffisaient à peine à faire vivre ceux qui, pour se rendre à leur champ, avaient juste un bout de route à parcourir. Blanche le comprenait parce qu'elle aussi était partie un jour ! Comme lui, elle l'avait vu bien « petit », le pays d'où elle venait. Son père pensait sûrement, de temps à autre, à la vie si différente qu'il aurait eue s'il avait fui, comme elle devait le faire – un jour, lointain alors, mais qui viendrait trop tôt pour Joseph et qui emporterait sa fille loin de lui. Avec ses atouts : sa force, sa volonté, son intelligence, savoir lire et écrire, son père aurait pu réussir ailleurs, au lieu de végéter au fond des bois sans même savoir de quoi demain serait fait. Il ne l'avait pas osé, et cela permit à Blanche d'arriver un jour sur la terre. Devait-elle le regretter ? Pour lui, peut-être. Pour elle, sûrement pas, ni pour sa mère. Malgré les difficultés de tous les jours, celle-ci avait eu toute sa vie, à ses côtés, un mari qui l'aimait et faisait tout pour elle.

Après son retour, il y eut l'hiver, et Noël arriva. Comme toujours depuis qu'il était chez lui, Hippolyte alla chercher la grosse bûche qu'il avait mise de côté en abattant un vieil orme. Blanche essayait d'imaginer ce qu'avait dû être ce Noël suivant le retour de son père. C'était si loin : elle n'existait pas encore ! Ce fut aussi le dernier Noël que passèrent ensemble Hippolyte, Eulalie et leurs trois enfants. Un Noël d'autrefois mais, les autres, même ceux que Blanche avait connus quand elle était assez grandette pour se rendre compte, lui avaient ressemblé.

Depuis un mois, il avait neigé tous les jours, le pays était entièrement blanc. Les petits oiseaux mouraient au bord des fossés, n'ayant pas su trouver de nourriture ou ayant trop tardé à regagner leurs nids. Mais, dans les haies, le houx était couvert de boules rouges ; avec le vert des feuilles, cela faisait de jolies taches de couleur sur la neige.

Les arbres avaient perdu leurs feuilles et, la nuit, ils agitaient leurs bras immenses dans les bourrasques de vent. Celui-ci gelait un peu plus les chemins, les ruisseaux ne coulaient guère depuis des semaines. Les vaches restaient dans les étables et ruminaient leur foin qu'on ne plaignait pas encore ; cela viendrait un jour, si l'hiver était trop long. Chaque famille avait engraissé des volailles pour les fêtes et Eulalie avait fait pareil, même si, aux Solitudes, on ne réveillonnerait pas devant une dinde ou un chapon gras, comme presque partout ailleurs, mais devant un simple poulet ; pour eux, c'était déjà un plat de grande fête. Oh, bien sûr, ils élevaient quelques volailles dans un enclos, comme plus tard, les parents de Blanche. Mais ils ne mangeaient pas les dindes, les canettes ou les chapons : ils les vendaient ! Seules les vieilles poules qui ne pondaient plus arrivaient, à la fin de leur vie, sur la table familiale. On les farcissait de mie de pain, de persil et d'un peu de lard salé. Comme Lucie plus tard, Eulalie allait vendre les autres au marché.

Le pays paraissait endormi mais ce n'était qu'apparence : dans les maisons, les gens s'affairaient. Chacun pensait à la fête.

Le soir, dès que la belle nuit fut descendue sur le monde, la famille se réunit autour de la cheminée des Solitudes. Hippolyte arriva, portant la grosse bûche qu'il posa sur les landiers. A son retour, Blanche n'en avait retrouvé qu'un, on avait dû voler l'autre. Tandis que la bûche commençait à prendre doucement, chacun pensait que si Hippolyte avait su la choisir elle resterait dans la cheminée jusqu'aux Rois et se consumerait lentement, pendant ces douze jours. On en ramasserait les cendres avec beaucoup de soin : mêlées au blé, elles empêcheraient le charançon de s'y mettre. On conserverait aussi les charbons qui soignaient les maladies des bêtes – et même celles des humains quand on ne pouvait pas faire autrement : c'était souvent le cas aux Solitudes ! On disait encore qu'il était possible de poser ce charbon, à l'état de braise brûlante, sur une nappe blanche sans qu'elle noircisse. Hippolyte n'était pas superstitieux, au contraire d'Eulalie : elle ne serait passée sous une échelle pour rien au monde ! Lui doutait à voix basse devant sa femme, de ces « sornettes ». De toute façon, ils n'avaient pas de nappe, ni blanche ni autre. Il n'empêche : il gardait toujours la cendre et un ou deux morceaux de charbon : on ne sait jamais ! Elle était si belle, cette bûche ! Et puis, dans ce geste se cachait une signification. Blanche n'était jamais devenue assez savante pour l'expliquer ; peut-être fallait-il que la grande forêt, dont les arbres donnaient tellement aux hommes, soit présente dans ces jours de fêtes pour le Nouveau-Né ; peut-être aussi était-ce une manière d'inviter les anciens dieux qu'on adorait dans les bois. Comment ne pas penser alors à ces pauvres bûches en pâtisserie qui avaient remplacé celles des campagnes dans les maisons des villes ? Là, d'ailleurs, il n'y a souvent plus de cheminée ou, quand il y en a une, on l'enferme derrière une vitre.

Lorsqu'ils seraient prêts à partir pour la messe de minuit, la bûche devrait avoir commencé à brûler, mais pas trop : on ne laissait jamais un grand feu dans la cheminée. Les maisons flambaient vite et, au fond des bois, il ne fallait pas compter sur les pompiers. Aussi Hippolyte tassait-il la cendre avec soin.

Tous se couvrirent de ce qu'ils possédaient de plus chaud : le froid manquait rarement les soirs de Noël. Si cela arrivait, s'il faisait doux, ou, pire, s'il pleuvait, c'était mauvais signe : l'année ne serait pas bonne et les récoltes non plus ; alors, tout le monde et surtout les plus pauvres en pâtiraient.

Mais ce soir de Noël 1908, il avait beaucoup neigé, il faisait très froid, Blanche en était sûre !

Ils partirent vers les onze heures. La nuit était profonde, malgré la multitude d'étoiles allumées depuis longtemps dans le ciel. Hippolyte portait sa lanterne à la main, une lanterne à bougie, en cuivre, avec des petits morceaux de verre, tenus par du plomb, lui venant de son père. Joseph, à son tour, la garda toute sa vie et Blanche l'avait retrouvée ; le verre avait beaucoup souffert mais elle l'avait rafistolée.

Blanche pensait à Marie qui n'avait alors que neuf ans. Comme elle lui ressemblait, Marie, quand elle l'imaginait ! Vers 1920, Blanche, elle aussi, irait à la messe de minuit sur les chemins couverts de neige, avec, sur les épaules, le même manteau de laine gris foncé que Marie portait en cette nuit de 1908. Les vêtements faisaient long usage, dans ce temps ; le manteau protégerait Blanche à son tour, tant bien que mal, du froid de l'hiver. Comme Marie encore, elle regarderait les étoiles pendant qu'elle marcherait sur le chemin des bois, entre son père et sa mère.

Armand, lui, avait seize ans. Il était revenu des Bastries où il avait remplacé son frère et y retournerait le lendemain. Mais le soir de Noël tous rentraient chez eux, c'était la règle. Il regardait un peu les étoiles, lui aussi, à la dérobée, en faisant le détaché, celui qui a vieilli, un grand garçon, presque un homme, qui tapait dans la neige, à grands coups de pied, jusqu'à ce qu'Eulalie le réprimande : il allait user ses souliers contre les cailloux.

Elle est toujours belle, la nuit de Noël ! En arrivant à la hauteur de La Galibertie, ils virent devant eux les lumières de Mayral, presque aussi brillantes que les étoiles. Un peu plus loin, ils entendirent la musique : on chantait déjà le *Minuit chrétien* dans l'église et l'harmonium accompagnait la chorale.

Sur tous les chemins menant au village, les lanternes des autres fermes pointillaient des sortes de guirlandes lumineuses qui s'étiraient dans la campagne. Après la forêt, les rares arbres au bord du chemin ne protégeaient plus de la bise et le froid leur gerça les lèvres. Ils remontèrent leur col ou leur cache-nez, et marchèrent plus vite pour se réchauffer. Ils sentaient bien le froid les glacer, mais ce n'était pas comme les autres jours : ils avaient chaud dans le cœur, cette nuit était remplie d'espoir.

A leur arrivée, l'église était déjà pleine. La chorale entonna un autre chant de Noël. Ils entrèrent avec timidité, connaissant trop bien leur rang – sachant, plutôt, qu'ils n'en avaient aucun. Les riches se tenaient devant, leurs noms inscrits au dossier des chaises sur une plaque de cuivre. Ils étaient venus en voiture, leurs femmes portaient des manteaux chauds, des cols de fourrure, des gants de peau. Ils avaient de beaux livres de messe, aux images multicolores de miniatures, et aux tranches dorées à l'or fin ; celles-ci brillaient lorsqu'ils tournaient les pages. Aux seconds rangs, les mieux nantis rêvaient d'avoir un jour, eux aussi, des chaises avec des plaques qu'on astiquait. En arrière étaient groupés les autres, les plus nombreux : de petits propriétaires, des domestiques, ceux qui, comme Hippolyte, ne rêvaient pas des premières places – sachant qu'elles leur resteraient toujours inaccessibles –, s'en moquant d'ailleurs et se contentant de voir de loin le spectacle magnifique de la messe, derrière les chapeaux des messieurs et des dames. Dans les tout derniers rangs, Hippolyte et Eulalie priaient en silence, afin que l'année à venir ne soit pas plus mauvaise que celle qui s'achevait, afin que la maladie les épargne, eux et leurs trois enfants. Ils priaient cet autre enfant, pas tout à fait né puisque pas encore placé dans la crèche, entre le bœuf et l'âne vivants, en train de souffler sur une botte de paille en l'attendant. Ils demandaient la protection de cet enfant et de sa mère, la Bonne

Dame qui est au Ciel : ils avaient été entendus l'an passé : pourquoi pas cette année ?

Et Joseph ? Que devient-il, Joseph, ce soir-là ? Oh, il a fait le chemin des Solitudes avec les siens mais sa tête est encore tout occupée par le grand plateau. Il l'a revu en regardant la neige, se rappelant comme d'un rêve de celle, précoce, qui deux ans plus tôt avait chassé les troupeaux dès le début d'octobre. L'immensité de la montagne reste pour lui comme la mer qu'il connaît par les livres et qu'il ne verra jamais. Lui aussi a aimé les étoiles du ciel de Noël et les lanternes qui leur répondaient sur le chemin. Mais voilà ! Il a, depuis, trouvé d'autres étoiles. Elles se sont allumées pour lui seul, tout à l'heure. Ce sont les yeux de Lucie Combes, placée à quatre rangs devant lui. Il a mis un moment à la reconnaître et elle s'est déjà retournée trois fois pour le regarder ! Ces deux étoiles ne s'éteindront jamais, toute sa vie il se guidera sur elles.

La messe continua, même si Joseph et Lucie ne la suivaient pas de trop près. Le dialogue de l'ange et des bergers fut joué par deux hommes qui allaient de village en village dans les cabarets, racontaient des histoires ou chantaient. Ils vinrent à Mayral plusieurs années de suite et, toute petite, Blanche avait dû les entendre, mais elle ne s'en souvenait pas très bien. Son père savait simplement qu'ils venaient de Provence.

Beaucoup plus tard, Blanche avait pensé à eux en assistant, avec Étienne, à la messe des Baux, une nuit de Noël.

Lorsqu'ils eurent terminé, on posa dans la crèche un bébé de quelques jours, qui hurlait de peur en voyant les gros museaux du bœuf et de l'âne. Puis on chanta de nouveau *Minuit chrétien.* Cette fois, pas seulement la chorale, mais l'assistance entière, et chacun y mettait tout son cœur.

Ensuite les gens sortirent de l'église. Les riches toujours les premiers. Ils allaient réveillonner entre eux dans les belles maisons où l'on tenait le feu bien vif en leur absence, afin qu'ils aient chaud à leur retour. Ils montèrent dans leurs voitures fermées dont les lanternes balayaient l'étendue blanche de la neige. Certains, qui avaient déjà des automobiles, se rendraient même en ville dans les grands restaurants, comme cela se pratiquait depuis quelque temps. Les autres allaient à pied ; ils rallumèrent les lampes et repartirent chez eux, le cœur rempli d'espoir. Et pourtant ! Combien ne verraient pas le Noël suivant ?

Ils rentrèrent, tous les cinq, par le même chemin. Les étoiles paraissaient briller encore davantage. Ils pensaient au bon repas qui les attendait, à la bûche de Noël restée sur le feu qu'Hippolyte relancerait en arrivant. Marie – et peut-être encore Armand – se faisait une fête de ce qu'elle trouverait le lendemain matin devant la cheminée – une orange, une papillote, jamais plus, mais, pour elle, c'était magnifique ! Eulalie se serrait un peu plus contre Hippolyte en marchant vers les bois.

Et Joseph, dans cette nuit bénie, ne voyait plus que les deux étoiles des yeux de Lucie.

Blanche avait laissé le temps passer et le ciel s'obscurcir derrière la vitre ; la nuit était tombée depuis longtemps quand elle émergea de son rêve. Elle grignota un peu, puis sortit.

Il avait fait beau toute la journée, la terre et les pierres gardaient encore un peu de chaleur. Mais, déjà, elle sentit que cette tiédeur, évoquant l'été, ne durerait pas : l'ombre envahissait trop tôt les alentours des Solitudes. Elle s'assit devant la maison, dans l'obscurité, sur le banc de fortune qu'elle avait fabriqué, comme celui de son père, avec une vieille souche déracinée, traînée à grand-peine. Seule une faible lumière flottait au sommet des arbres parce que là-bas, loin vers la mer, bien au-delà du monde des Solitudes, le soleil se couchait à peine.

Adossée au mur, Blanche écouta la nuit. Avec l'acuité extrême du temps retrouvé, elle entendit à nouveau les bruits qui habitent les ténèbres. D'abord il y eut le vacarme des oiseaux dans les arbres ; l'obscurité dissimule tous les dangers, pour la vaincre ils piaillent, puis, conscients de les attirer ainsi vers eux, ou fatigués, ils se taisent. Les plus fous continuent longtemps, tels les rossignols lançant leur chant d'amour. Dans une bouffée du silence en train de s'installer, elle entendit des battements d'ailes, un peu secs, dans le haut des chênes, et une première chouette passa dans l'ombre de la clairière. Grâce à la faible lueur qui persistait dans le ciel, Blanche vit battre ses rémiges d'un mouvement lent, régulier, tandis qu'elle partait en chasse. Les chevêches sont nombreuses dans ces bois, mais on ne les voit pas tant leurs couleurs, les dessins de leurs plumes, les font ressembler à l'écorce des troncs contre lesquels, serrées tout le jour, elles attendent. Pas loin de Blanche, se firent entendre d'autres bruits, des glissements, des roulades, des frottements de branches. Elle n'avait pas peur. Tous se tiendraient à distance, même le renard qu'elle entendait glapir, vers les fonds, au bord de la rivière. Le temps était depuis longtemps passé où l'on chassait, dans ces forêts, les loups qui attaquaient les troupeaux. Celui abattu par Hippolyte et les gens d'Albagnac, vers 1890, devait être le dernier : et encore il n'était pas certain qu'il ne se fût agi d'un chien sauvage.

A force d'écouter, sans rien voir, gagnée par

la fatigue, Blanche s'endormit. Longtemps après, un cri déchirant la réveilla. La nuit était encore plus noire. Elle chercha à deviner d'où cela pouvait venir, fit même quelques pas dans la clairière, mais s'arrêta bientôt, avec l'impression de se noyer dans l'obscurité, et revint vers la maison. Elle pensa de nouveau à son père et sa mère et eut envie de revoir la photo de leur mariage. Mais elle ne trouva pas la force de rallumer la lampe. Il faisait froid maintenant, elle frissonna, sans avoir le courage de ranimer le feu. Il s'éteindrait peut-être cette nuit et Blanche, dans une de ces bouffées de souvenirs revenant l'habiter, se souvint qu'autrefois les femmes d'ici, quand cela arrivait, allaient chez leur voisine avec un sabot dans lequel elles ramenaient un tison, à charge de revanche. Mais sa mère habitait trop loin, dans une maison trop isolée. Elle devait, à genoux devant la cheminée, rallumer seule le feu éteint dans la pièce glaciale.

Blanche s'étendit sur le lit craquant à cause des feuilles sèches par lesquelles elle avait remplacé la paille et les fanes de maïs, sous le seul drap qu'elle possédait. Bien emmitouflée dans la couverture où elle dormit, cette nuit-là, tout habillée, elle n'eut pas froid.

Vers deux heures, elle se réveilla en sursaut. Elle entendit encore une bête qui criait dans l'ombre du bois. Elle eut l'impression d'un mauvais présage et ne put se rendormir. Elle se leva, alluma une bougie. Elle repensa à la soirée de la veille, en cherchant la raison de son malaise. Elle s'examina dans le miroir pendu à un clou, où son père se rasait la barbe et se trouva mauvaise mine. Pourtant, elle ne souffrait de rien. Regardant autour d'elle, Blanche finit par comprendre, en voyant le lit où elle dormait et le vide qui l'entourait. Elle était allée trop loin. Choisir de vivre ici avait un sens : retrouver, avant de mourir, ceux qui, eux aussi, avaient vécu aux Solitudes et, rejoignant peut-être son enfance, boucler sa vie sur elle-même. Elle ne tiendrait cependant pas longtemps à dormir sur des feuilles mortes, à se laisser aller comme depuis son arrivée. Elle avait retapé la maison, nettoyé, mais pour elle-même, qu'avait-elle fait ? En plein jour, cette pièce paraissait accueillante, la nuit, elle était sinistre, avec ce lit d'une époque révolue, la nudité des murs, cet éclairage du Moyen Age, ses vieux vêtements jetés sur une chaise dépaillée, et ses souliers qui, bientôt, partiraient en lambeaux. Encore un peu et une clocharde habiterait cette tanière ! Il lui fallait réagir, changer tout ça : acheter un matelas et ce qui lui faisait défaut. Elle avait, brusquement, l'impression que cela la protégerait d'un mal silencieux prêt à l'atteindre, si elle ne prenait pas un peu soin d'elle.

Le lendemain, lorsque Pierre Cathala vint lui livrer ses provisions, Blanche lui demanda s'il ne pouvait pas la conduire, un jour prochain, à Albagnac. Il se rendrait justement, le lundi suivant, à Saint-Christophe. Il lui proposa de l'emmener avec lui, de la laisser à Albagnac, où il la reprendrait vers midi. Ils passeraient ensuite à La Vernerie où il avait à faire. Quand il repartit, elle lui lança :

– Vous n'avez pas amené Laurence avec vous ?

– Elle est à l'école, aujourd'hui !

Blanche se trouva ridicule : elle ne savait même plus quel jour on était ! Mais il lui tardait de revoir la fillette. Pierre s'en alla en souriant.

– A lundi !

Après son départ, elle regarda vers le grand champ ; un peu de brume s'accrochait aux arbres de la rivière, tout à fait vers le fond. Mais le soleil brillait. Elle vit que, dans les bois, les feuilles étaient maintenant dépliées. Elle repensa au cri qui l'avait réveillée pendant la nuit. Peut-être y avait-il, près, une bête en train d'agoniser. Elle chercha un moment mais ne trouva rien. Les ronces et les broussailles étaient tellement enchevêtrées, depuis que personne ne nettoyait le sous-bois, qu'il était impossible d'aller bien loin. Elle abandonna : c'était la loi de la forêt, elle n'y pouvait rien changer.

A la mort de son père, elle était revenue à Mayral, pas à Albagnac. Elle était intriguée à l'idée de revoir cet endroit où elle n'avait pas mis les pieds depuis cinquante ans. Elle fit la liste de ce qu'elle devait acheter. Il lui faudrait aussi passer à la Caisse d'épargne, prendre de l'argent dont elle allait bientôt manquer. Il lui fallait un matelas, une autre couverture, une robe neuve – elle avait déchiré la sienne en tirant des ronces –, des souliers pour les chemins de terre : ceux-là ne tiendraient plus longtemps, des tas d'autres choses encore. Heureusement, il y avait Pierre et la camionnette.

Elle considéra qu'elle avait suffisamment réagi ! Elle pouvait se replonger dans le passé, la conscience tranquille. Elle le faisait depuis son retour, avec la sensation délicieuse d'abolir une frontière dressée à un moment de sa vie qu'elle ne situait pas encore. Peut-être y parviendrait-elle en poursuivant son voyage. Comme à chaque fois, une grande joie paisible – qui, à elle seule, valait tous les sacrifices – l'envahit en s'essayant à renouer chacun des brins constitués par ces odeurs, ces images, ces bruits venus du fond de sa mémoire et dont elle seule possédait le pouvoir de les lier.

Dans les jours qui suivirent le beau Noël de 1908, Joseph s'aperçut qu'il ne pensait plus qu'à un être : elle s'appelait Lucie Combes et avait des yeux magnifiques.

A la messe, il lui avait fallu un moment pour la reconnaître. Il était parti pendant trois ans ; les filles changent vite à cet âge. Quand il avait pu mettre un nom sur son joli visage, il s'était souvenu qu'il la croisait parfois en gardant les bêtes des Bastries. Lucie était la fille aînée des Hivernals, une ferme dont on voyait les bâtiments depuis le chemin sur lequel Joseph passait deux fois par jour avec ses moutons. Les Hivernals n'étaient pas un très grand domaine mais, malgré tout, en réfléchissant, il fut bien obligé de comparer avec ce qu'il représentait, lui ! Un garçon sans métier, le fils d'Hippolyte Brunel, c'est-à-dire, pour les Combes : rien ! Toutefois, il avait laissé ses dix-huit ans un peu en arrière, il était fort et vaillant. Surtout, il était amoureux fou de Lucie depuis qu'il l'avait vue. Et elle s'était retournée pour le regarder ! Ils s'étaient parlé deux fois, trois ans avant, comme ça, en se croisant : elle marchait sur le chemin, il avait fait serrer ses bêtes pour lui laisser le passage. Elle était déjà jolie, mais il faisait comme s'il ne s'en souvenait pas, comme s'il venait de le découvrir ; il aurait eu trop honte de n'avoir pas pensé à elle pendant ces trois ans sur la montagne, au lieu de regarder avec un peu plus que de la curiosité les filles qui passaient parfois dans les burons, pendant l'estive, et restaient là un ou deux jours.

Quand elles arrivaient, cheveux au vent, sur les chemins au milieu de l'herbe, les hommes trouvaient toujours un prétexte pour éloigner les gamins comme Joseph, par exemple en les envoyant chercher des allumettes à Laguiole ou à Nasbinals. En septembre de l'année précédente, pourtant, il était là quand une de ces filles était arrivée, avec un petit bagage et vêtue d'une robe pas faite pour ce pays-là. Toute la soirée, devant le feu – les autres ne l'avaient pas chassé, cette fois : il venait d'avoir dix-huit ans –, il l'avait regardée en se disant qu'elle était bien belle. Quand tout le monde était allé se coucher, elle était montée avec le patron dans le fenil. Joseph, les yeux grands ouverts sur la nuit impénétrable, l'avait écoutée rire longtemps. Oh oui, il avait honte d'avoir trouvé cette fille belle ! Maintenant qu'il avait découvert Lucie, il s'en voulait de cette envie folle qu'il avait eue de toucher, seulement toucher, la peau mate de l'étrangère.

La rencontre avec son père et ce que lui-même avait confessé à Lucie, afin que rien de sale ne soit jamais entre eux deux, c'était sa mère qui l'avait raconté à Blanche. Celle-ci était déjà grande, Lucie avait attendu que sa fille puisse l'entendre, elle qui voyait si peu de monde n'avait aucune amie à qui se confier. Aujourd'hui Blanche se souvenait par-dessus tout de ses yeux remplis d'amour mais, à ce moment-là, elle avait seulement pensé que toutes les mères devaient agir ainsi avec leur fille.

Deux jours après Noël, Joseph courut aux Hivernals. Lucie l'attendait depuis la veille. Il resta sur le chemin, à regarder par-dessus les haies. Elle vint alors vers lui, en se cachant un peu ; elle aussi devinait que ce ne serait pas facile. Quand ils furent l'un devant l'autre, ils se regardèrent longuement. Après, ils marchèrent un moment, sans rien dire. La mère de Blanche se souvenait de chaque détail, jusqu'au corbeau perché sur un piquet et posant une tache noire, immobile, sur la neige.

Cela dura une semaine. Il courait vers les Hivernals, elle venait vers lui, et ils marchaient quelques minutes en silence. Puis elle lui tendait sa main, il la prenait, la gardait un moment, toute chaude, dans la sienne. Quand il la lâchait, elle partait, vite, sans se retourner. Au bout d'une semaine, il l'embrassa, au coin des lèvres. Après cela, elle dit : « Qu'est-ce qu'on va faire ? » Il lui répondit qu'il partirait dès que le printemps serait revenu. Il irait sur la montagne – de sa main, il montrait le nord ; là, on l'appréciait.

Il deviendrait lui aussi vacher et, à l'automne, il reviendrait. Dans trois ou quatre ans, ils pourraient se marier. Elle trouverait bien une place dans la grosse ferme de son patron sur le causse Comtal. Ils s'installeraient là-bas. Elle dit : « Non ! Ce n'est pas possible. » Et elle ajouta, ce lui fut difficile à elle, une fille des Hivernals, habituée au silence des sentiments, à la réserve la plus étroite : « Je ne peux pas vivre sans toi si longtemps ! » Tout simplement, mais c'était énorme. Alors il l'embrassa de nouveau et partit ; il courait presque. Pendant trois jours, elle le guetta en vain depuis la cour de la ferme, crut l'avoir perdu. Enfin, il arriva. Quand ils furent l'un devant l'autre, Joseph dit : « Ça y est ! J'ai trouvé une place, à Tayrac chez Mouly. Maintenant, on restera ensemble. » Tayrac c'était tout près, à peine trois kilomètres. Elle lui sauta au cou.

Quand le printemps arriva, ils se retrouvèrent le soir sur le chemin, un peu plus longtemps, mais guère : il fallait qu'elle rentre de bonne heure à cause de son père.

Puis l'été vint et avec lui le temps de la moisson. Tous les soirs elle s'échappait. Malgré sa fatigue, elle se précipitait le retrouver. En cette saison c'était plus facile : le père Combes était occupé. Lucie se souvenait que Joseph, passant ses journées dans les blés, avait toujours de la paille dans le cou, collée par la sueur. Il disait se trouver bien à Tayrac où il aurait bientôt une meilleure place. C'était vrai : Mouly en avait parlé au père de Lucie qui avait haussé les épaules. On remarquait vite les bons ouvriers dans ce temps-là. La paille dans son cou, elle n'en dit pas plus à sa fille de ces soirs d'été, jamais elle n'en aurait avoué davantage, on était ainsi. Et cela suffisait, pourquoi parler davantage ? Blanche avait deviné, sa mère le savait.

Un jour d'automne, il l'amena aux Solitudes, en l'absence d'Hippolyte. A sa mère, il dit : « Voilà Lucie ! » Il n'avait besoin de rien ajouter. Eulalie embrassa Lucie, cela aussi suffisait. Ils partirent se promener dans les bois. Ils savaient qu'au retour de son père, le soir, Eulalie lui dirait : « Joseph a amené Lucie pour que je la connaisse. » Hippolyte se tasserait un peu plus devant le feu ; ce ne serait pas simplement à cause de la fatigue : le temps passait si vite...

Aux Hivernals, c'était une autre affaire. Quand Lucie parla de Joseph à sa mère, celle-ci s'exclama : « Ma pauvre petite, mais ce n'est pas quelqu'un pour toi ! Qu'est-ce que je vais dire à ton père ? » Deux jours plus tard, le père Combes arrêta Joseph sur le chemin et lui intima de laisser sa fille tranquille, qu'elle ne serait jamais sa femme : « Que pourrais-tu lui offrir, mon pauvre garçon ? » Joseph le regarda dans les yeux et répondit : « Pourtant, un jour, elle sera à moi. »

Un autre hiver passa, puis un autre printemps et la saison des moissons revint, enfin l'automne.

Un matin, Joseph arriva aux Hivernals et, la casquette à la main, il dit à Combes : « Il faut que vous me donniez votre fille. » Le père allait se mettre à crier, mais la mère de Lucie posa la main sur son bras et murmura : « Il faut bien, Augustin, elle va avoir un bébé... » Le père Combes serra les poings, alla vers la fenêtre et regarda dehors. Sans doute pensait-il avant tout, à cet instant, à sa ferme. Lucie était l'aînée, après il y avait deux autres filles. Il avait décidé de faire épouser à Lucie le fils de Pagès, son voisin, qui était au service militaire. Avec un tel gendre, ses petits-enfants auraient une grande terre pour eux. Ce n'était plus possible, après ce qui venait d'être dit. Lucie était perdue pour lui. Il lui restait deux filles. Sa colère retomba. Il se tourna vers le garçon : « Puisqu'on ne peut pas faire autrement, tu vas la marier. On fera tout comme si c'était de bon cœur, mais après, ce sera fini. Tu te débrouilleras avec elle. En tout cas : ici, tu n'auras rien ! » Lucie n'avait jamais oublié le regard de Joseph – sa mère était allée la chercher et elle se tenait là, entre les deux hommes. Droit dans les yeux toujours, il lui dit : « Je ne demande rien ! Je veux Lucie, rien d'autre. J'ai mes bras, c'est assez. Elle ne manquera pas. » La mère de Blanche se rendait compte, presque vingt ans plus tard, qu'en disant cela il s'avançait un peu – l'avenir se chargerait de le lui montrer à lui aussi. D'un autre côté, il avait raison : il serait toujours là, près d'elle, et l'aimerait toujours.

Ils se marièrent à la mi-octobre. Un important mariage, on le voyait sur la photo. Le père Combes avait tenu sa promesse. Blanche naquit six mois plus tard aux Solitudes où il se passa bien des événements pendant l'hiver qui suivit les noces de Joseph et de Lucie.

9

Le matin de leur mariage, il pleuvait. Blanche ignorait si on disait alors, comme elle l'avait entendu si souvent ensuite : « Mariage pluvieux, mariage heureux », mais la pluie dut ajouter aux circonstances qui gâchèrent à Lucie une bonne part de cette journée. Pourtant, celle-ci aurait dû être une des plus belles de sa vie. Mais tout était faussé depuis les paroles de son père. A cette époque, un mariage se concluait toujours avec l'agrément des parents des deux amoureux. Parfois même, il avait été arrangé par une personne étrangère à la famille, une sorte d'entremetteur. En effet, marier un fils ou une fille était souvent le meilleur moyen d'agrandir l'exploitation, de réunir des parcelles, des terres morcelées. Dans le cas de Joseph et de Lucie, il n'y avait rien à réunir. Par la volonté de son père, elle perdait tous ses droits sur Les Hivernals et Joseph, de son côté, ne possédait que ses bras, ils représentaient moins que lui-même ne l'affirmait. Bien sûr, tous les deux s'en moquaient et leurs yeux brillaient sur la photo. Les autres visages parurent à Blanche empreints d'une espèce de contrainte – elle la remarqua peut-être simplement en raison du récit de sa mère, encore déçue des années plus tard. Évidemment, comme l'avait promis le père, pour la cérémonie, les invitations, le repas de noce, les Combes avaient fait le nécessaire. Sinon, la réprobation des parents et des amis serait retombée sur eux. Mais Lucie, par exemple, n'était pas parvenue à compléter son trousseau, son père ayant refusé, malgré les supplications de sa femme, de donner les quelques francs qui auraient permis d'ajouter le linge de maison habituel aux quatre draps brodés que sa fille possédait déjà. « Quelle importance ? » se répétait-elle, sans parvenir à chasser ce regret : ils n'avaient pas eu besoin de draps et de linge pour s'aimer comme des fous dans l'odeur des moissons. Et puis Joseph l'avait étonnée. Selon l'ancienne coutume, le marié devait apporter un grand mouchoir très fin destiné à emmailloter le premier-né des époux. La veille de la noce, Joseph, tout fier, était venu la trouver dans la cour des Hivernals – il n'était entré qu'une fois dans la maison, ce serait la seule. Devant ses yeux, vite mouillés de larmes, il avait ouvert un grand carré de tissu, peut-être moins fin qu'il n'aurait fallu, sur lequel il avait fait broder leurs initiales, à Albagnac. Un jour, plus tard, sa mère ouvrit sa petite armoire et, à son tour, le déplia devant Blanche. Il était un peu jauni par les années, mais elle était très émue de le lui montrer. Il avait servi pour Blanche, et, en même temps que sa mère passait le doigt dessus, elle lut les quatre lettres brodées au point Richelieu : L.C. et J.B.

Davantage que l'absence de trousseau, sa mère regrettait la gêne, créée par la situation, qu'elle avait sentie chez les proches de la famille Combes. Blanche, si longtemps après, la retrouvait elle aussi en examinant certains visages groupés autour du maître des Hivernals. Par contre, il était difficile, en regardant Hippolyte, de deviner ce qu'il pensait, lui, à ce moment. Il se tenait au premier rang, près de son fils, les deux bras largement écartés, comme encore à la tâche. Il portait une veste trop courte, sans doute prêtée par un copain des Granges Rouges. Blanche reconnut, au-dessus du col très blanc de sa chemise, le visage énergique, un peu sévère, dont elle se souvenait. Il était le seul de l'image à ne pas porter des souliers mais des sabots montés de cuir à la cheville – ce jour-là, il avait dû les astiquer longuement à la graisse de blaireau. Eulalie, forcément placée à côté de son mari, avait donc disparu sous une tache. On sentait une hâte dans cette photo, comme si on l'avait bâclée : deux personnes au moins n'étaient pas parfaitement immobiles : d'habitude tout le monde se figeait et Blanche n'avait jamais constaté une telle négligence sur aucune photographie de cette époque ; Dieu sait pourtant qu'autrefois elle en avait vu beaucoup trônant sur les buffets.

Le père et la mère de Lucie se tenaient là aussi, bien entendu, à côté de leur fille. Blanche ressentit comme une brûlure la distance visible entre eux et les pauvres gens des Solitudes. Augustin Combes avait l'air très sûr de lui, peut-être satisfait, au fond, d'avoir joué jusqu'au bout la comédie. On pouvait le penser, en tout cas, à se souvenir des mots si durs adressés à sa fille. Lui portait un gilet sous la veste, celle-ci était à sa taille et on distinguait très bien la chaîne en or de sa montre de gousset. Il tenait son chapeau taupé à la main, le temps de la photo. Sa femme – malgré tout, la grand-mère de Blanche – était élégamment vêtue avec son corsage croisé, son fichu richement brodé, et le beau « Saint-Esprit », la grande croix d'or attachée autour de son cou par un ruban de velours. Dans ces costumes si différents, dans ces visages crispés contrastant avec certains autres, rigolards ou satisfaits, se résumait tout le drame de la mère de Blanche. Pourtant, Lucie ne demandait rien.

Joseph non plus : pour rien au monde il n'aurait accepté de devenir le premier valet des Hivernals. Elle avait beaucoup rêvé de ce jour, comme toutes ses amies – on voyait à leur mine réjouie que celles-ci n'avaient rien compris à ce qui se passait. Par gloriole, à cause d'une réputation en jeu – croyaient-ils –, les Combes avaient gâché son rêve. Elle leur en avait beaucoup voulu. Un jour, Blanche devait avoir sept ou huit ans, elles s'étaient rendues toutes les deux à Albagnac. Sur la place, contre le monument aux morts, une charrette assez cossue stationnait devant le café dont sortit un homme, qui portait encore beau. Au moment où il reprit les rênes et enjamba le marchepied, Blanche sentit sa mère la tirer par la manche. Elle n'était pas près d'oublier ses yeux paniqués. L'homme hésita, les regarda un court instant, tour à tour, et Blanche n'oublia pas, non plus, le geste qu'il esquissa d'aller vers elles. Il serait sans doute venu les trouver. Mais il était trop tard : déjà sa mère l'avait entraînée dans une ruelle. C'était la dernière fois qu'ils s'étaient vus – la seule pour Blanche. Un an plus tard, cet homme, qui avait fait tellement de mal à sa fille, devint aveugle. Blanche l'apprit ensuite par des étrangers ; jamais Lucie ne lui en parla et surtout pas de ce jour où ils se croisèrent. On lui dit que son grand-père Combes n'avait pas supporté sa cécité ; un dimanche, dans sa grange, il s'était tiré un coup de fusil. Après lui, Les Hivernals partirent à vau-l'eau. Les sœurs de Lucie et leurs maris se disputant la terre, on morcela les champs pour partager. C'était ce qui pouvait arriver de pire dans ce pays où les familles passaient un siècle ou davantage à réunir des bouts de terre pour constituer de vraies exploitations. Des années s'écoulèrent avant que Lucie ne revienne aux Hivernals, la veille de la mort de sa mère. Celle-ci ne la reconnut même pas et ses sœurs sortirent de la pièce, sans un mot.

Plusieurs fois, Blanche aperçut entre les arbres la longue bâtisse, son toit d'ardoise et son pigeonnier. Malgré sa curiosité, elle n'en franchit jamais le seuil.

Après la photo, il y eut le repas que Blanche imaginait semblable à tous les repas de noce d'autrefois. Mais là, elle n'avait plus d'image, ni même les souvenirs de sa mère qui lui avait parlé uniquement de ce qui comptait pour elle. Seul Joseph, avec son mouchoir brodé, son sourire franc et l'amour dans ses yeux, ne l'avait pas déçue.

Ils n'avaient pas de maison, aussi les parents d'une amie de Lucie prêtèrent-ils un sécadou aménagé en abri pour la chasse. Ils y passèrent leur première nuit de jeunes mariés. Le lendemain, ils rejoignirent les Solitudes où ils allaient vivre en attendant que Joseph gagne quelques sous de plus et puisse louer une chambre. Dès l'après-midi, il revint à Tayrac, la ferme où il travaillait.

Ils étaient à l'étroit aux Solitudes et Lucie dut s'entendre avec Eulalie. Elle ne gardait pourtant pas de mauvais souvenirs de cette période, et donc ce dut être assez facile. En fait, cette situation dura jusqu'à la naissance de Blanche, à la mi-avril. Peu après, Joseph loua une chambre assez grande, près de la ferme où il était maintenant valet. Blanche n'avait aucun souvenir de cet endroit qu'elle aurait eu du mal à retrouver. Ils y restèrent quatre ans. Sa mère étant employée comme servante au même endroit, ce fut une période plutôt faste pour eux. Mais, au bout des quatre ans, la ferme fut vendue, le nouveau propriétaire avait déjà ses employés, et son père et sa mère perdirent leurs places. Il leur fallut revenir aux Solitudes.

Pendant ce temps, Armand était parti travailler dans une grosse ferme qui faisait du seigle près de Rieupeyroux. En 1913, la Chambre des députés vota le service militaire de trois ans. Comment deviner que le jeune homme, dont Blanche conservait un souvenir terrifiant, resterait soldat durant six années ?

Et pourtant ! Mais ils étaient rares dans le pays, à cette époque, à réaliser ce qui se préparait entre la France et l'Allemagne. Dans les villes on s'inquiétait peut-être, parce qu'on avait des informations. Ici, les gens, s'ils ramenaient des nouvelles alarmantes en allant au marché, n'en tenaient guère compte. Ces événements les dépassaient : ils se déroulaient si loin de chez eux ! Seuls ceux qui avaient vécu la guerre de 1870 s'inquiétaient vraiment. Mais ils étaient déjà tous vieux, on ne les écoutait pas toujours.

Un jour du mois d'août 1914, les cloches se mirent à sonner. Tout le monde se trouvait dans les champs, on était au plein de la moisson. Blanche avait quatre ans et suivait sa mère pas à pas. Bien sûr, elle ne se souvenait pas de ce jour-là précisément. Cependant, on en avait tellement parlé qu'il lui semblait parfois les revivre, les cloches du tocsin, les affiches de la mobilisation et, peu après, le départ des hommes, les uns après les autres, il fallait bien terminer la moisson ! On aurait besoin de pain s'il y avait la guerre ! Armand, lui, n'eut pas de chance. Deux mois de plus et il aurait terminé son temps de service. Il fréquentait alors une jeune fille de Mayral qui s'appelait Noémie. Elle était très jolie et ses parents étaient presque aussi pauvres que les Brunel. Aussi n'avaient-ils pas, eux, rejeté le deuxième fils des Solitudes. Ils devaient se marier au printemps de 1915. Mais, dès qu'Armand comprit ce qui se passait sur le front où il avait été envoyé parmi les premiers, il demanda à Noémie de patienter : il ne voulait pas qu'elle épouse un mort. Elle promit de l'attendre toute sa vie, ce ne fut pas bien long.

A cause de sa position de soutien de famille et de son âge, le père de Blanche ne fut pas mobilisé immédiatement. Il avait retrouvé une place dans une ferme isolée au milieu des chènevières près du col de la Sandre. Ils habitaient maintenant bien loin de la ferme des Hivernals. Chaque matin et soir, Joseph avait repris ses trajets, comme avant qu'il soit marié, comme il le ferait longtemps.

Hippolyte, lui aussi, aurait voulu aller à son travail tous les jours, mais le maître des Granges Rouges mourut. Son fils, un gommeux qui, plus tard, dilapiderait ses terres au poker, n'aimait pas le grand-père de Blanche : il le chassa à la première occasion de la place qu'il occupait depuis vingt-cinq ans. Hippolyte, blessé au plus profond de lui-même, revint aux Solitudes. Désormais, il n'avait plus de travail régulier, seulement de petites besognes insuffisantes pour assurer le lendemain. Il se louait un jour ou deux, parfois une semaine, puis il partait ailleurs.

Un jour de l'hiver 1915, le père de Blanche fut appelé à son tour. Trop petite, elle gardait peu de souvenirs de cette époque. Cependant, il lui semblait – à moins que cela ne vienne d'un récit de sa mère – revoir la silhouette de Joseph s'éloignant sur la route dans un matin gris où la neige arrondissait les fossés. Au bout d'un moment, il était déjà loin, petite tache presque indistincte, il se retourna et agita sa casquette. Sa mère pleurait, elle n'aurait pas de nouvelles avant longtemps. Puis un homme de son âge rejoignit Joseph par un autre chemin et ils partirent ensemble vers la guerre.

Un peu plus tard, presque tous les jeunes furent au front. Il ne restait que les femmes et les vieux pour faire marcher les fermes. Alors Hippolyte trouva de nouveau à se louer, mais les propriétaires n'engageaient jamais pour bien longtemps. On mettait le plus d'argent possible de côté, en prévision des jours difficiles qui ne manqueraient pas de survenir, si la guerre durait.

Et elle dura. Ceux qui avaient cru qu'elle serait terminée en quelques semaines, comme on l'avait entendu dire, furent déçus. Toutefois, ce genre de boniment n'avait plus cours dans les campagnes où l'on s'était enfin décidé à écouter les plus vieux qui gardaient à l'esprit le terrible hiver de 1870-1871. Ayant aussi entendu raconter, dans leur jeunesse, les « exploits » de Napoléon, ils savaient que les guerres peuvent durer longtemps. Tous n'étaient pas convaincus que la gloire et les médailles suffiraient à remplacer les bras qui manqueraient après que le maire fut venu dans les fermes, avec son écharpe tricolore, portant à la main un télégramme qui annonçait la mort d'un père ou d'un fils.

Les années se succédèrent. Chacune ressemblait à celle d'avant pour ceux qui étaient restés. Les hommes revenant en permission taisaient la vérité sur les horreurs qu'ils avaient vues. 1914 puis 1915 puis 1916 ; les seuls événements dans le pays étaient les travaux des saisons et ceux de telle ou telle année ressemblaient comme jumeaux à ceux d'une autre.

En juin 1916, le père de Blanche rentra définitivement. Blessé à la jambe pendant la bataille de la Somme, sa blessure suppurait. On aurait pu le garder là-haut, à l'hôpital, avant de le renvoyer au front, s'il guérissait. Mais le médecin qui le soignait l'avait pris en sympathie. L'hôpital était rempli de blessés et le docteur, originaire de Millau, l'avait libéré du malheur en le proposant avec succès à la réforme. Cela ne plaisait guère à Joseph qui avait pourtant accepté en pensant à sa femme et à sa fille. Il se sentirait, longtemps après, coupable d'une sorte de favoritisme. Il le dit à sa Lucie qui, un jour, le rapporta à Blanche, celle-ci l'ayant trouvée en larmes parce que Joseph, malgré la douleur de sa jambe – lui si fier de sa cheville réparée par

Pierrounet –, était parti bûcheronner chez quelqu'un. Du favoritisme ? Pour Lucie, une seule chose comptait : son homme était près d'elle. Elle se moquait bien de la médaille à laquelle il aurait eu droit s'il était un jour reparti au front car, alors, ce serait peut-être un mari mort qu'on lui aurait ramené.

Il fallut de longs mois à Joseph pour guérir. Il n'était pas question de faire venir le médecin. Chaque jour, Eulalie le soignait avec des herbes, des pommades dont elle connaissait les bienfaits – comme presque tout le monde à cette époque-là dans les campagnes. Blanche se souvenait assez bien que son père – il commençait à peine à marcher de nouveau vers la fin de l'hiver 1916-1917 – posait sa canne et s'allongeait sur la paillasse séparée par un rideau du reste de la pièce où ils dormaient, Lucie et lui, Hippolyte et Eulalie couchant dans le seul lit. Blanche, elle, partageait la paillasse de Marie. Quand il était couché, Eulalie relevait la jambe de son pantalon et défaisait le pansement toujours auréolé de jaune. Elle avait exigé de laver ce linge en disant à sa belle-fille : « C'est ton homme, mais c'est mon fils ! Ça, c'est pour moi. » Ensuite, avec délicatesse, elle nettoyait la plaie de Joseph avec des infusions de plantes. Si Blanche avait passé toute sa vie au pays, elle aurait su leur nom ; son départ avait empêché sa mère de lui transmettre les secrets d'Eulalie. Le remède devait être efficace ; certes, il fallut deux saisons ; pourtant, à la fin, son père guérit. Il boita quelque temps encore mais seule Lucie dut le voir, s'en préoccuper et le plaindre car quelque chose de plus terrible survint aux Solitudes.

En mars 1917, Armand fut à son tour victime de l'immense boucherie qui dévastait l'Europe depuis presque trois ans. Au cours d'un assaut, il se réfugia au fond d'un cratère de bombe pour échapper aux balles des mitrailleuses allemandes. Il tomba dans une poche de gaz.

Jusque-là, il envoyait à ses parents des petits mots écrits sur des cartes postales représentant des Alsaciennes à coiffe et cocardes, des vues des villes détruites par les Allemands, des coqs gaulois avec de flamboyantes maximes patriotiques. Les Solitudes étaient trop éloignées de tout, il n'avait pu s'y rendre que deux fois en permission. Ces cartes, pour lui comme pour beaucoup d'autres, étaient le seul lien avec sa famille. Elles se trouvaient encore aux Solitudes, avec les photos, dans une enveloppe bleue. Elles ne portaient que quelques mots : ce n'était pas lui qui les avait écrites, ne sachant pas, mais les hommes du front trouvaient toujours quelqu'un pour les remplir à leur place. Certains de ces écrivains publics avaient du talent. Sur chacune des cartes d'Armand Brunel, à un mot près, était écrit :

« Je vais bien. Je vous embrasse tous. » Tant que ces lettres parvenaient dans les familles, l'espoir subsistait. On essayait d'oublier que certaines arrivaient après la visite du maire venu annoncer la mort de l'expéditeur. Depuis février, aucune carte du front n'était parvenue jusqu'aux Solitudes. Vers la fin mars, une lettre officielle couverte de tampons leur annonça qu'Armand avait été blessé et rejoindrait ses foyers le 5 avril.

Hippolyte se rendit à la mairie d'Albagnac où on lui expliqua qu'Armand arriverait obligatoirement par le train à Saint-Christophe. C'était toute une expédition pour le grand-père de Blanche ; il réussit finalement à trouver quelqu'un qui l'emmènerait à la gare, le 5 avril, avec une voiture pour y chercher son fils.

Dans l'après-midi du 4, Blanche était en train de jouer, au milieu de la clairière des Solitudes, avec les poupées de chiffon fabriquées par sa mère. Un beau soleil de printemps transperçait les feuilles. A un moment, Blanche leva la tête et vit, au bout du chemin, une silhouette qui se dirigeait, très lentement, vers la maison. Quand elle fut suffisamment près, Blanche distingua sa figure et prit peur. L'homme, mal rasé, d'une maigreur effrayante, flottait dans son grand manteau de drap de l'armée. Avec ses sept ans, Blanche, terrorisée, ne le reconnut pas. Elle rentra dans la maison et se réfugia dans les jupes de sa mère en criant : « Maman ! Grand-mère ! Il y a un homme devant la maison ! » Eulalie regarda par la petite fenêtre et Blanche la vit poser lentement les mains sur l'évier, tout en les essuyant. Elle serra très fort la pierre, comme pour se retenir à quelque chose. Blanche comprenait aujourd'hui : sa colère écrasait la joie du retour de son fils. Puis elle secoua violemment la tête, sortit et le prit dans ses bras. Alors il glissa doucement jusqu'au sol, se coucha dans l'herbe. Seule sa barbe faisait une tache noire sur son visage blanc, privé de sang.

Eulalie le soutint afin qu'il se relève. Ils entrèrent et il s'écroula de nouveau sur le lit. Dès qu'il fut couché, il se mit à tousser. A chaque quinte, il se pliait en avant et paraissait souffrir beaucoup, se plaignait en gémissant. Un moment après, il s'endormit. C'est ainsi que Joseph et Hippolyte le virent en rentrant le soir.

Toutes les nuits, on entendait Armand se lever et sortir pour essayer de respirer un peu. Ils dormaient dans une seule pièce et l'espace manquait. Cela ne pouvait pas continuer ainsi. Le père de Blanche fit des prouesses pour trouver un logement à la mesure de ses moyens. Par chance, une veuve de guerre avait besoin de quelqu'un pour l'aider sur sa ferme du coteau. Elle proposa la place à Joseph contre une chambre de valet dans l'étable et un peu d'argent. Ils déménagèrent une nouvelle fois, si l'on peut dire : son père transporta tous leurs biens en un seul voyage avec ses bras. C'était l'automne et Blanche se souvenait qu'il faisait déjà froid aux Solitudes.

La guerre continuait, là-haut dans le Nord, mais, cette fois, elle les avait atteints chez eux. Son père et sa mère se rendirent seuls aux Solitudes pendant les deux années qui suivirent. La veuve gardait Blanche qui la trouvait très gentille malgré ses vêtements noirs et ses yeux toujours rouges de larmes à peine retenues. Elle avait perdu son mari, ainsi que, en 1915, un fils qui venait d'avoir vingt ans. En revenant des Solitudes, Joseph et Lucie faisaient triste mine, Armand n'allait pas bien.

Depuis qu'elle était chez la veuve, Blanche allait à l'école, et celui lui plaisait bien.

En novembre 1918, ses parents l'emmenèrent aux Solitudes. Juste avant, on avait célébré les fêtes de l'armistice. Mais, chez eux, personne ne s'était réjoui. Joseph et surtout Armand avaient trop souffert de la guerre. Le jour où la veuve était rentrée d'Albagnac en racontant que tout le monde chantait et dansait, là-bas, pour fêter la fin des hostilités, elle pleurait.

Dès qu'ils arrivèrent, Blanche vit qu'une sorte de désespoir enserrait les Solitudes. Armand ne quittait plus à présent le lit sur lequel il était couché. Il avait encore beaucoup maigri ; sa peau en était devenue transparente. Il respirait avec difficulté, comme écrasé par l'effort ; à chaque inspiration, les ailes de son nez se serraient et il ouvrait grand la bouche, tel un poisson posé sur l'herbe. Une fine sueur perlait sur son front. Sa voix n'était plus qu'un murmure. On ne laissa pas Blanche s'approcher, aussi n'entendit-elle pas les derniers mots qu'il prononça pour elle. On l'envoya jouer dehors. C'était à nouveau l'hiver et elle regarda un moment les oiseaux sautiller dans le seul rayon de soleil parvenu jusqu'à la clairière. Ensuite, ses parents sortirent. Sa mère pleurait en repartant et Blanche vit Eulalie se forcer à sourire, avant d'essuyer une larme. Ils reprirent le chemin vers la ferme de la veuve. Tout du long, sa mère sanglota, son père lui tenait la main. Ils ne prononcèrent pas un seul mot.

Un jour d'avril 1920, Hippolyte vint chez eux et, devant la porte, Blanche l'entendit dire à son père : « Mon fils est mort. » C'est tout. Ensuite, il ne voulut pas entrer. Il parla d'Eulalie, mais ses parents l'avaient encore envoyée jouer et elle n'entendit pas ce qu'il disait. Il repartit, un peu penché en avant, seul sur la route. Ce jour-là, Blanche s'en souvenait très bien, elle pensa, pour la première fois, que son grand-père était devenu un vieil homme.

Pendant les obsèques, ses parents la confièrent à la veuve. Elle comprit qu'ils ne resteraient plus longtemps, à présent, dans cette ferme, leur retour aux Solitudes dépendant avant tout du nombre de personnes qui habitaient là-bas.

Sa mère, plus tard, lui raconta l'enterrement d'Armand. Il y avait eu des discours, on avait inscrit son nom, le dernier, sur le beau monument du cimetière, inauguré six mois plus tôt. Elle dit aussi, en baissant les yeux, que son père était parti au milieu du discours du maire. Lucie ne voulut pas s'expliquer davantage et Blanche n'insista pas. Plus tard, elle comprit que sa révolte avait ensuite beaucoup nui à Joseph.

En croyant qu'ils rentreraient rapidement aux Solitudes, Blanche se trompait. La veuve ne voulut pas se séparer de son père avant d'avoir trouvé un remplaçant valable. Joseph rendait toujours le bien qu'on lui faisait ; comme il lui devait beaucoup, il attendit et ils restèrent encore là quelques mois. Pourtant, pendant ce temps, les Solitudes se dépeuplèrent.

Marie avait vingt et un ans, il était temps de la marier. C'était difficile : elle non plus ne possédait rien et pour une fille c'était pire. Deux ans plus tôt, elle était tombée amoureuse d'un jeune homme rencontré à une fête d'Albagnac. Mais ses parents étaient des gens aisés, des commerçants ; il devait leur succéder. Et lui n'était pas Joseph qui n'avait jamais rien demandé au père de Lucie. Le jeune homme hésita longtemps entre le magasin et Marie. Finalement, il choisit la boutique. Marie trouva une place, comme lingère, dans une école tenue par les sœurs à Valentrac où elle devait passer le reste de sa vie. Jamais plus elle ne rencontra un jeune homme qui lui plaise, sans doute parce que, toute sa vie, elle pensa au premier.

En 1919, Eulalie avait attrapé – Dieu sait comment pour quelqu'un vivant si loin de tout – la grippe espagnole qui avait déjà tué tant de monde. Mais sa grand-mère avait résisté, Blanche aujourd'hui en était sûre, pour continuer à soigner son fils. Hippolyte parlait à Joseph des suites de cette maladie quand il était venu lui annoncer la mort d'Armand. Malgré tout, elle avait guéri et, quand ils allaient la voir, elle paraissait aller bien. Certes, elle avait maigri et tous ses cheveux étaient devenus blancs mais « elle tenait le coup », comme disait Hippolyte en riant – parfois on sentait ce rire sonner faux.

L'hiver suivant, elle prit froid en restant trop longtemps dehors, dans le vent, à faire des fagots. Elle se coucha avec de la fièvre et ne se releva plus. Elle toussait, maintenant, à son tour. Au bout de quinze jours, elle mourut.

Quand on l'enterra, Blanche accompagna ses

parents, sans doute son père savait-il que, ce jour-là, il n'y aurait pas de discours.

En repensant à tout cela, Blanche se souvint aussi qu'un jour, vers 1930, à Albagnac, elle avait rencontré une femme habitant une ferme du coteau, en face des Solitudes. Elle lui avait raconté que son oncle Armand criait si fort à cause de la douleur au fond de ses poumons brûlés qu'on entendait, de chez elle, ses hurlements dans la nuit. Blanche imagina la vie de ses grands-parents à cette époque. Elle en eut le cœur déchiré. Elle aurait voulu le leur dire, mais ils n'étaient plus là ni l'un ni l'autre.

10

Le dimanche après-midi, Pierre Cathala vint aux Solitudes, accompagné de Laurence et de Nathalie. La petite sauta au cou de Blanche puis partit jouer dans le champ. Blanche prépara du café. Par la fenêtre, elle voyait la fillette courir après les papillons. A un moment, l'un d'eux se posa sur sa main ; elle le regarda longuement et lui parla. Blanche aurait aimé entendre les mots qu'elle prononçait – les mêmes qu'elle, autrefois, peut-être ?

– Votre fille est très jolie, Pierre.

– Elle parle de vous sans arrêt...

– Vous ne l'impressionnez pas du tout, ajouta Nathalie. Pourtant, à votre...

Elle s'interrompit, confuse. Blanche compléta, en souriant gentiment :

– ... à mon âge, vous voulez dire ! Non, ça ne fait rien. Je sais que je suis une vieille personne.

– Ça dépend, dit Pierre. Pas pour Laurence, en tout cas.

– Mais si ! C'est seulement que les vieux et les enfants s'entendent souvent très bien.

– Pour vous deux, c'est exact, dit Nathalie soulagée par la réaction de Blanche.

– Votre femme elle aussi est jolie, dit Blanche en s'adressant à Pierre.

– Oui ! répondit le garçon avec un regard très amoureux vers sa femme.

– Alors, vous êtes un homme heureux, non ?

Pierre baissa les yeux.

– Je devrais l'être...

Il y avait un regret dans sa voix ; il saisit la main de sa femme.

– On devrait être heureux, c'est vrai...

Blanche servit le café dans les tasses qu'elle venait de disposer. Elle les regarda, en reposant la cafetière.

– Pour le café, dit-elle, je ne garantis rien.

On sentait forcé le ton de gaieté qu'elle avait employé. Elle ajouta :

– Vous devriez, oui, tous les deux ! Et pourtant ! Qu'est-ce qui ne va pas ? Et ne dites pas « rien » : je ne vous croirais pas ! Je le vois : quand vous venez ici, Pierre, vous avez toujours l'air sombre.

Ils se taisaient. Le regard de Nathalie se mouilla.

– Ce sont les affaires ? Votre commerce ? poursuivit Blanche.

Nathalie pleurait maintenant, la tête dans les mains. Elle s'appuya sur l'épaule de Pierre qui l'entoura de son bras.

– Je regrette, dit Blanche, sincèrement désolée, je ne voulais pas vous faire pleurer.

Dans ses larmes, la jeune femme dit avec véhémence :

– Mais non ! Ça fait du bien de parler et – avec un sourire contraint, une grimace – de pleurer aussi...

– La vie est difficile pour nous, dit Pierre. Vous savez, Blanche... Vous permettez que je vous appelle Blanche ?

Elle acquiesça d'un signe de tête.

– Bien sûr.

– C'est vraiment dur avec un si petit commerce. Pas assez de clients ! Et puis il y a beaucoup de vieux. Ils n'ont pas de gros besoins, et les retraites... On a de la peine à tenir le coup. Et Laurence grandit. Il faudra encore davantage d'argent quand elle ira en ville.

– Pourquoi ne cherchez-vous pas autre chose ?

– On l'a fait ! Nathalie va peut-être avoir des heures comme aide ménagère. Si ça marche, ça nous aiderait ! En fait, il faudrait partir ! Et maintenant, nous sommes attachés à ce pays.

Quand nous sommes arrivés ici, Laurence était encore un bébé. C'est comme si elle était née au village. Alors, partir...

– Et la terre ? Vous y avez pensé ?

– La terre, il faut la payer, dit Nathalie d'un ton amer, en essuyant ses larmes.

– Allez ! dit Pierre, en serrant sa femme contre lui. Tu vas sûrement avoir cette place.

– J'en suis certaine, je le sais ! affirma Blanche.

Devant le regard étonné de la jeune femme, elle ajouta :

– Je suis un peu sorcière. On a dû vous le dire au village.

– Non, dit Pierre, stupéfait. Je n'ai rien entendu de tel !

– Alors, ça viendra ! lança Blanche en éclatant de rire. Une vieille femme qui vit seule au fond des bois... Bon ! Si on allait retrouver Laurence ?

Ils descendirent jusqu'à la rivière en se promenant. La fillette les suivit, courant toujours derrière les papillons. En partant, Pierre dit qu'il viendrait chercher Blanche le lendemain, comme convenu, pour la conduire à Albagnac. Décidément, Blanche devenait sentimentale : elle eut le cœur serré en les voyant s'éloigner, tous les trois, vers Mayral, dans le soir qui venait à travers les lueurs d'un crépuscule de printemps.

Le lendemain, il faisait frais aux Solitudes. Toute la nuit, le vent, soufflant du nord, s'était faufilé par les fentes de la toiture. Chaque été, son père les bourrait de feuilles sèches et de poignées de foin. Encore un travail à faire aux beaux jours...

Blanche, prête depuis longtemps, attendait Pierre Cathala au bout du chemin. Il arriva à huit heures, exactement comme prévu. Quand ils partirent, le vent secouait encore les arbres. Mais, dès qu'ils quittèrent les bois, il fit meilleur derrière les vitres du camion réchauffées par le soleil. Après l'ombre des chênes, celui-ci illuminait la campagne. Au-dessus, le ciel était bleu comme la robe de la Vierge Marie. Pierre raconta les événements de Mayral. Blanche l'écoutait à peine, captivée par le paysage apparu devant ses yeux. Il n'avait pas beaucoup changé malgré tout ce temps. Les vaches, à cette heure matinale, étaient encore groupées dans les creux, serrées les unes contre les autres. L'herbe très verte des champs, séparés par les clôtures en fil de fer barbelé tendues sur des piquets en châtaignier, se déroulait comme un tapis de haute lice à travers les vallonnements, entre les collines basses. Quand ils arrivaient en haut des côtes, Blanche retrouvait intacte l'impression de se noyer au milieu du ciel. Tout paraissait immense par rapport aux minuscules clairières, cernées par les bois, entourant les Solitudes. Autrefois, elle avait beaucoup moins remarqué ces changements du paysage. La raison en était évidente : avec ses parents, ils se déplaçaient le plus souvent à pied et, en tout cas, jamais les voitures à chevaux ne les menaient à une telle vitesse sur les routes de cette époque.

Après un grand virage, entre des bas-côtés couverts d'ancolies, d'où fusaient noisetiers et acacias, Blanche vit apparaître une masse grise de murs et de toits d'ardoises. Au milieu, se dressait le clocher d'Albagnac.

N'étant pas venue depuis des dizaines d'années, elle se doutait que le bourg avait changé. Mais elle conservait le secret espoir qu'il ressemblerait à celui d'autrefois. A l'époque où ils voyageaient, avec Étienne, pendant l'été, ils avaient souvent traversé des endroits que les temps modernes ne semblaient pas avoir atteints. Des villages aux murs ocre et galeux, écrasés sous un soleil damné qui paraissait avoir chassé toute vie et conserver aux murs, aux terrasses, aux rues, une immobilité éternelle. C'était là-bas, dans son pays de Provence. Ils y passaient les vacances, les premières années de leur mariage. Plus tard, il en avait perdu l'envie et n'avait qu'un seul but, un seul désir : faire des économies ! Alors ils restaient à Paris.

Mais, depuis les étés de leur jeunesse, les années, nombreuses, qui s'étaient écoulées avaient vu le monde changer de plus en plus vite. Dans son désir de retrouver un Albagnac figé dans l'entre-deux-guerres, elle l'avait oublié.

A l'entrée du bourg, une usine de meubles, un dépôt de construction, un supermarché et une gendarmerie toute neuve occupaient d'anciennes prairies à vaches. Ils passèrent devant le cimetière ; en face, elle vit les bâtiments de verre et d'acier du Crédit agricole. Elle devait faire une drôle de tête, Pierre lui jetait des coups d'œil depuis un moment, il finit par lancer :

– Eh oui, ça a bien changé, pas vrai !

Il ajouta :

– Remarquez, moi je dis ça... J'en sais rien ! Je ne suis pas d'ici. Mais chez moi c'est pareil. Que voulez-vous ? On construit de plus en plus, partout ! C'est devenu une maladie. Avec aigreur, il dit encore : On bétonne ! On espère que ça durera plus longtemps.

Elle ne lui répondit pas ; la banque, elle s'en fichait. Ni Joseph ni Lucie – sans parler d'Hippolyte – n'avaient jamais mis les pieds devant un guichet. Mais elle venait de découvrir un autre bâtiment de fer et de verre sur lequel de grandes lettres métalliques composaient l'inscription :

COLLÈGE. Elle se demanda ce qu'était devenu l'ancien, celui des bonnes sœurs, d'où on voyait sortir les enfants des « familles », attendus par les bonnes, habillés de tenues très chics en drap bleu marine et balançant leurs cartables en cuir. On ne pouvait, en aucun cas, les imaginer dans ces nouveaux bâtiments. D'ailleurs elle voyait des élèves se presser à la porte, vêtus de « l'uniforme » des jeunes d'aujourd'hui – jean ou jogging et chaussures de tennis. Cela ne voulait rien dire ! Alors : pourquoi s'en étonnait-elle ? Évidemment, tout avait changé ! Elle était bien placée pour le savoir après tant d'années vécues en ville – et à Paris, en plus ! Sa surprise ? Elle la devait aux Solitudes, à ce monde perdu qui, lui, n'avait pas changé. Les quelques semaines qu'elle venait d'y vivre l'avaient ramenée, elle aussi, dans le passé, le temps immobile, ses usages, ses règles. Remuant, ressassant ce qui avait eu lieu à cet endroit à peine touché par l'époque, elle avait, en quelque sorte, relancé sa vie dans un déroulement depuis longtemps périmé, enfui, mais qui pour elle, à nouveau, marquait les heures et les jours. De là à imaginer retrouver tout identique dans Albagnac, il n'y avait qu'un pas ; elle l'avait franchi avec allégresse. La campagne aperçue à travers les vitres du camion n'avait pas changé, elle ? Mais si ! Pour imaginer le contraire, il fallait, comme Blanche, vouloir de tout son cœur ignorer les silos en acier, les granges couvertes de plaques de tôle ou de ciment, les clôtures électriques et les gros tracteurs sur les chemins.

Pierre Cathala la déposa à l'entrée du bourg. Après lui avoir rappelé qu'il la reprendrait, au même endroit, vers midi, il partit, vers la droite, sur la route de Saint-Christophe.

Quand elle se retrouva seule, elle se sentit désorientée. Il lui fallut plusieurs minutes pour se rendre compte que les pompes à essence du garage devant lequel l'avait déposée Pierre occupaient l'ancien emplacement de l'atelier du charron. Il était loin, le temps où le père Clourgues fabriquait ses cercles de roue, avant de les mettre en place avec ses apprentis, au milieu de grands nuages de fumée grise et de vapeur d'eau. On venait chez lui de très loin en raison de son habileté. Un jour, sa mère avait emmené Blanche chez cet homme qui avait connu son oncle Armand à la guerre. Quand sa mère lui avait expliqué que Blanche était sa nièce, Clourgues avait caressé ses cheveux. Il avait les yeux brillants au souvenir du jeune homme monté à l'assaut des tranchées à côté de lui pendant plusieurs mois, et emporté, un jour de mars 1917, sur une civière, pour avoir eu la malchance de se jeter dans un cratère de bombe où restait une nappe de gaz. Lui s'en était « bien tiré », avec une balle qui lui avait traversé la cuisse et beaucoup de chance.

Tout au long de la rue de la Promenade, qu'elle remonta lentement, Blanche constata la disparition des autres ateliers. A commencer par celui d'Honorine, la repasseuse, où sa mère avait travaillé un hiver. A la place il y avait une boutique de confection. Blanche voulait acheter une robe et elle entra. Une jeune femme vint du fond du magasin en entendant tinter la clochette de la porte. Mais Blanche ne trouva rien qui lui plaise. L'ensemble que la vendeuse essaya de lui faire prendre ne convenait certainement pas à une femme de son âge, surtout menant la vie qui était la sienne aux Solitudes. Elle ressortit, surveillée par la commerçante plutôt pincée.

Il ne restait aucun des magasins que Blanche avait connus. Si ce n'est un atelier de mécanique, avec une sorte de vitrine, une véranda en bois, derrière laquelle on distinguait encore des bidons d'huile de moteur et quelques pièces d'automobile. Mais la bâtisse était éventrée sur un côté, on était en train de la démolir pour aménager une petite rue entre la Promenade et la place de l'église. Dans les années trente, quand on avait commencé à voir beaucoup d'autos et de tracteurs dans les campagnes, un homme avait créé cet atelier où il réparait les moteurs. Il servait aussi de l'essence avec une de ces pompes surmontées de grands flacons de verre qu'on remplissait à la main, en basculant un levier. Blanche ne parvint pas à se souvenir du nom de cet homme dont le frère, maçon, avait refait le clocher de l'église de Mayral, après la Deuxième Guerre – le père de Blanche le lui avait raconté, une des rares fois où elle était revenue aux Solitudes. Il enduisait les pans du clocher et ses deux filles, âgées d'une quinzaine d'années, lui montaient les seaux de ciment préparés par un manœuvre, sur la place. Pour grimper avec les seaux, elles n'avaient pas d'échafaudage mais escaladaient des échelles de bois attachées à des crochets dans les murs. En plus, racontait Joseph en riant, elles étaient terrorisées par les hurlements de leur père trouvant que le ciment n'arrivait jamais assez vite jusqu'à lui, attaché, tout en haut, à la croix par une corde.

Au bout de la promenade, elle déboucha sur la place de la mairie. Celle-ci était hideuse, avec les balcons en ciment ajoutés à la grande maison qui, avant d'être annexée par la municipalité, avait dû, au siècle dernier, faire pourtant la fierté de ses propriétaires. Des pancartes indiquaient qu'on allait changer tout ça. Le plan affiché de la future mairie était prometteur ; Blanche espéra qu'on le respecterait, même s'il y avait peu de chances qu'elle voie la fin de la rénovation.

Sous les platanes, des jeunes gens parlaient fort à la terrasse du café. Seul à une table sur le côté, un vieux monsieur roulait une cigarette entre ses gros doigts, comme Hippolyte quand il pouvait s'acheter un peu de ce tabac qu'on vendait au poids, par pincées roulées dans des cornets de papier gris paraffiné. Au milieu de la place, le monument aux morts était resté exactement le même, sauf qu'on avait ajouté les noms des disparus de 39-45 et passé sur le coq illustrant le courage de la France d'autrefois une couche de peinture verte, et un peu de dorure sur la crête et au bout des ailes. Blanche s'approcha et lut le nom de ces hommes morts là-haut, loin de chez eux. Ils portaient des prénoms inusités depuis longtemps – et heureusement sans doute, tant certains paraissaient désuets comme Gontran ou Arthémon.

Le vieux bonhomme, ayant rallumé son petit fagot de Caporal, la regarda avec insistance : il devait se demander pourquoi cette femme examinait avec soin la liste des morts devant laquelle tout le monde passait d'habitude dans la plus parfaite indifférence. Blanche pensa qu'ils avaient probablement le même âge. Peut-être se connaissaient-ils après tout, peut-être avaient-ils dansé ensemble autrefois sur cette même place à l'occasion d'un des 14 juillet de sa jeunesse.

A cet endroit, Blanche et sa mère avaient vu sortir Augustin Combes du même café devant lequel le vieil homme était assis. Comme avait fait alors sa mère en l'entraînant par la main, Blanche partit très vite dans une des petites rues, vers la place de l'église.

Il était plus de neuf heures et le soleil commençait à chasser l'ombre sur les trottoirs. Au centre d'Albagnac comme à Mayral, beaucoup de maisons étaient inhabitées, leurs volets fermés et leurs portes délavées par la pluie n'avaient pas été ouverts depuis longtemps. Les gens d'ici devaient vivre maintenant dans ces lotissements qui entouraient tous les villages, comme celui qu'elle avait aperçu en arrivant : des maisons crépies aux toits d'ardoises parfaitement identiques.

Sur la place de l'église, Blanche reconnut les deux platanes de chaque côté du porche et la grande croix en fer forgé de la Mission de 1862, au centre de laquelle flamboyait un sacré-cœur peint en grenat. Ici, autrefois, se tenait le petit marché du mardi, alors que le grand avait lieu chaque mois et envahissait la vue de la Promenade d'un bout à l'autre. Au fond de l'église, près de l'autel, brûlait la lampe rouge du Saint-Sacrement. Blanche aurait voulu être capable d'une belle prière, mais il y avait trop longtemps ! Cependant, si les mots manquaient, il suffisait peut-être de penser très fort à ceux qui étaient là-haut dans le ciel – c'était probable, en raison de tout ce qu'ils avaient souffert. Peut-être l'entendraient-ils ? Alors, ils l'aideraient. Elle aperçut dans l'ombre la grande plaque des morts de la paroisse ; cela faisait beaucoup plus de monde que sur la place. Quand elle poussa de nouveau les battants de la porte, toujours aussi lourds, le plein soleil lui fit cligner les yeux.

Il lui fallait prendre de l'argent. La Caisse d'épargne ressemblait comme une sœur à celle de son quartier à Paris. Elle fut déçue. Peut-être avait-elle imaginé retrouver, là aussi, des comptoirs en bois verni et des guichets protégés par du grillage ! Trois ou quatre personnes attendaient avant elle. Deux vieilles femmes habillées de noir, avec des cabas en toile cirée, étaient venues du fond de la campagne apporter leurs économies, sûrement pour un petit-fils ou une petite-fille, dont Blanche espérait qu'ils songeaient encore un peu à elles, de temps en temps.

Quand elle ressortit dans la rue, les gens, ici aussi, lui parurent pressés. Elle ne vit personne se promener en flânant ! Elle se rendit tout droit au magasin de meubles. Il n'y était pas de son temps, mais l'enseigne était assez voyante pour éviter toute erreur. Elle acheta un matelas en indiquant qu'elle viendrait le prendre un peu plus tard.

Sur la petite place du Portail-Bas, se trouvait un établissement dont elle se souvenait. On l'appelait le Café Mercadier. A croire que les cafés étaient les seuls commerces intacts après tant d'années. Les jours de marché, Blanche et ses parents parcouraient le chemin à pied depuis les Solitudes et arrivaient sur cette placette. Ils ne venaient à la grande foire que deux ou trois fois par an. Encore fallait-il que son père ait pu mettre quelques sous de côté. Sur la route, ils étaient doublés par les charrettes allant à Albagnac où d'autres familles se rendaient comme eux. La plupart se garaient à l'entrée du village. Ceux qui en avaient les moyens confiaient leur véhicule à la garde de quelqu'un. Certains avaient un cocher qui remplissait cet office. Les autres les laissaient sous la surveillance de quelque jeune gars de la famille. On commençait à voir aussi pas mal d'automobiles. Elles surprenaient encore les gens des campagnes, effrayaient les chevaux. Dès qu'ils arrivaient devant le Café Mercadier, Joseph, Lucie et Blanche se retrouvaient au milieu de la foule occupant toute la rue de la Promenade, d'un bout à l'autre d'Albagnac. Les gens marchaient entre les rangées de bêtes devant lesquelles se tenaient leurs propriétaires vêtus de la grande blouse et du chapeau, noirs, portés par les hommes dans toutes les occasions. La plupart avaient mis leur chemise blanche avec, au col, un nœud papillon ou une cravate de faille. Les femmes aussi étaient élégantes, surtout les jeunes car, à partir de trente-cinq ou quarante ans, elles endossaient l'espèce d'uniforme sombre qui autrefois était celui des femmes en deuil. On ne respectait déjà plus cette coutume aussi strictement qu'au siècle dernier mais cela faisait sérieux d'être vêtue de noir. Restaient les décorations en ruban des chapeaux ou les tabliers pour égayer un peu ces tenues sévères. Les grandes dames passaient dans leurs belles robes de couturière, avec des cols en fourrure au manteau et des manchons pendant l'hiver, des capelines et des voilettes de résille, les jours de foire de printemps.

Les jeunes paysannes se débrouillaient avec n'importe quoi. Mais elles étaient jolies, aussi ne voyait-on pas toujours qu'elles étaient habillées de restes.

Ces jours de marché, la mère de Blanche entrait toujours au magasin de « L'Étoile du Midi », dont l'enseigne portait aussi « Approvisionnement général ». De fait, on y trouvait de tout. Boutons, rubans, ustensiles de cuisine ou alimentation ! Blanche accompagnait sa mère dans cet antre merveilleux dont les richesses n'arriveraient jamais jusqu'aux Solitudes : Lucie se contentait en général d'une bobine de fil au chinois ou d'une seule assiette. Plus tard, de retour chez eux, Blanche rêvait longuement des objets extraordinaires aperçus sur les rayonnages du bazar. Riche de ces images volées, elle pouvait alors sortir de son mouchoir la moitié de sucre d'orge qui lui restait, l'ayant économisée en le partageant en deux. Avec la limonade que son père leur offrait invariablement au comptoir d'un café situé sur la place de l'église – le seul qu'elle n'ait pas retrouvé –, le sucre d'orge représentait l'unique cadeau inutile que sa mère se permettait de lui faire. Autrement, c'était une paire de chaussettes, ou des gants ; exceptionnellement, une chemise, des souliers, qu'on achetait toujours trop grands et qu'on bourrait, au début, de papier pour en diminuer la pointure. Si, par exception, son père était un peu argenté, pendant leur visite à « L'Étoile du Midi », il se rendait au débit de tabac et achetait un ou deux paquets de Caporal. Il aurait pu s'en procurer à Mayral, bien entendu, mais, en le prenant au bourg, les jours de foire, il avait sans doute l'impression de s'offrir un cadeau.

Pendant que sa mère et son père comptaient et recomptaient leurs pièces de laiton, les affaires allaient bon train entre les fermiers venus vendre leurs bêtes et les maquignons. De ces derniers, un bon nombre végétaient à peu près au même niveau que les autres paysans. Mais il fallait compter avec les « gros ». Ceux-là, souvent venus de loin, faisaient toutes les grandes foires. Parfois ils arrivaient la veille avec leur femme – ce n'était pas toujours la vraie – et logeaient dans les hôtels alors beaucoup plus nombreux qu'aujourd'hui, dans ces villages traversés par les routes sur lesquelles on se déplaçait encore très lentement, même si cela aussi commençait à changer. Les « gros », on les reconnaissait vite à leurs blouses qu'on aurait dit neuves et à leurs chapeaux en taupé. Ils portaient eux aussi un aiguillon de bouvier à la main ; pas une branche écorcée de noisetier mais une vraie canne, en bois précieux tourné, verni, avec une virole en argent. De plus en plus fréquemment, ils possédaient une automobile – des plus belles. Cela n'avait pas dû beaucoup changer, supposait Blanche. Ils avaient fait repérer à l'avance les plus belles bêtes, les plus beaux *parelhs* d'Aubrac et les génisses les plus prometteuses, par des rabatteurs qui, tôt le matin, pistaient les meilleures affaires. Eux arrivaient, connaissant les prix demandés par les éleveurs, et annonçaient leur prix à eux : à prendre ou à laisser ! Et les autres prenaient ! Si « la négociation » aboutissait, conclue d'une grande tape de la paume de la main, de l'argent frais rentrait : des billets tirés par les « gros » d'un portefeuille rempli de liasses, pas une vague promesse. L'affaire faite, ils continuaient le tour de la foire, par groupes de deux ou trois, quelques-uns seuls : les plus importants. Quand ils étaient plusieurs, ils se séparaient toujours devant la bête convoitée par l'un d'eux. Acheter ou vendre se traitait d'homme à homme, sans témoin si possible.

A la fin de la matinée, alors que les bêtes étaient montées dans les bétaillères, ils rejoignaient leurs femmes et leurs amis au restaurant. Les autres n'avaient pas les moyens de se payer ces repas, ils se contentaient de manger leur casse-croûte sur la Promenade, en attendant de rejoindre leur ferme. Peu à peu, seuls restaient dans la grande rue vide les cantonniers venus nettoyer. D'habitude, Blanche et ses parents étaient déjà repartis depuis longtemps. Une fois pourtant, son père avait été embauché par un maquignon d'Espalion pour faire monter les bêtes achetées dans un gros camion. Elles l'avaient attendu. Sa mère avait sorti leur repas de son sac. D'habitude, ils mangeaient sur le bord de la route, à un endroit que son père aimait, à côté d'une petite chapelle dans les arbres, une montée de la route d'où l'on voyait le clocher de Mayral et les bois des Solitudes. Ce jour-là, midi était passé depuis longtemps. La rue était jonchée de papiers et de bouses de vache que des femmes se dépêchaient de ramasser, pour les jardins potagers, avant le passage des cantonniers. On entendait encore les cris des bêtes dans les derniers camions.

Elles avaient presque fini de manger quand une vieille femme arriva, appuyée sur un bâton, vêtue de guenilles, comme les vieilles fées dans les histoires d'Eulalie. Avec son bâton, elle soulevait les déchets. Quand elle trouvait un légume en bon état, elle se baissait, le ramassait et le mettait dans un sac en toile de jute ; on aurait dit un oiseau picorant son grain. Voyant ce spectacle pour la première fois de sa vie, Blanche, malgré ses dix ans, comprit qu'il existait des gens encore plus pauvres qu'eux et obligés de ramasser leur pitance dans la rue parmi les immondices. A ce moment son père arriva et Lucie lui tendit son casse-croûte. Sans rien dire, il alla vers la vieille femme et lui donna son pain et son fromage. Blanche regarda sa mère, ne comprenant pas bien ce qui se passait. Elle la vit sourire à son père pendant qu'il revenait et lançait : « On y va ! Nous ne sommes pas en avance, aujourd'hui. » La vieille dévorait le pain, goulûment. Sur le chemin du retour, Blanche remarqua que sa mère se serrait un peu plus contre son Joseph.

Quand elle revint à la réalité, elle vit Albagnac tel qu'il était aujourd'hui : un village comme tous les autres villages de France, avec son magasin d'électroménager, sa « supérette » et son bureau de tabac promettant sur sa porte les espoirs du Loto, nouvelle providence des hommes.

Elle avait eu envie de rechercher les vieilles échoppes comme celle du bourrelier, avec ses colliers et ses brides pendus, celle du menuisier chez qui elle était allée de temps en temps parce que Joseph le connaissait et où elle avait rencontré pour la première fois cette odeur de copeaux et de colle qu'elle rechercherait plus tard quand ils voyageraient avec Étienne. Et encore... A quoi bon ? Tout ça était passé, terminé. Ces métiers étaient morts ou avaient tellement changé qu'elle n'y reconnaîtrait rien de ce qui en faisait le charme et la saveur quand, petite fille, elle venait à Albagnac avec son père et sa mère. Cela finissait par ces sabots alignés sur un stand et « fabriqués par des artisans » – affirmait l'étiquette – qu'elle avait vus un jour au Salon des arts ménagers, à Paris. Elle était tombée en arrêt. Un morceau du passé revenait ainsi du fond des temps, quand tout le monde en portait autour d'elle. Blanche avait alors commis l'erreur de les regarder de plus près. Faits à la machine, ils étaient tous exactement semblables. Ah oui, ils étaient très jolis, décorés de fleurs rouges et vertes, comme les sabots de fête d'autrefois. Mais voilà : aucun n'était différent de l'autre. Ceux du père Lartigues, dont l'atelier se trouvait à la sortie de Mayral, portaient chacun la trace particulière de ses coups de plane et de cuiller.

Blanche se secoua. Dans un magasin neuf de vêtements, elle acheta une robe, sans trop réfléchir cette fois. Ensuite elle se rendit à la quincaillerie, moderne elle aussi, où l'on vendait des cuisinières à gaz qui autrefois auraient convenu pour un château. Qu'avait-on fait de ce qui encombrait la caverne d'Ali Baba du quincaillier chez lequel son père achetait ses clous forgés ? Blanche y était entrée deux ou trois fois avec lui. Un vieil homme, de la génération d'Hippolyte, droit comme un I, l'air sévère dans son grand tablier en cuir remontant haut jusqu'à son cou, se tenait derrière un long comptoir en chêne, encombré de boîtes de toutes sortes et d'outils. Ceux-ci, même s'il leur jetait un regard d'envie, excédaient largement les moyens de son père qui se contentait de rapiécer ceux d'Hippolyte à la forge de Mayral. Pourtant, certains de ces outils plus modernes lui auraient épargné bien des efforts, à la place des vieilles houes, des anciennes faux si lourdes, avec lesquelles il travaillait. Mais il n'avait pas d'argent à distraire. L'essentiel aux Solitudes se limitait à la nourriture et à l'habillement. Le reste était du luxe, même ce qui épargnait la sueur, et encore plus, peut-être, car son père ne plaignait pas sa peine.

Il était près de midi et Blanche revint attendre Pierre Cathala, comme convenu, devant le garage. Il faisait de plus en plus beau mais elle s'en rendait à peine compte. Albagnac lui paraissait hostile ; il lui tardait que le jeune homme arrive.

Ils allèrent chercher son matelas et ses achats. A mi-chemin du retour, Pierre lui dit :

– Vous n'avez pas l'air contente...

A cause de ce sourire franc qu'elle aimait chez lui, elle répondit simplement qu'elle était fatiguée. Il lui rappela qu'il devait passer à La Vernerie, avant de la déposer chez elle, et ajouta :

– Au fait, vous devez connaître les Coudral ! La grand-mère doit avoir à peu près votre âge. Jean-Pierre, son petit-fils, baptise sa fille. Vous pourriez peut-être venir chez eux avec moi ?

D'un ton un peu las, Blanche répondit :

– Non, merci, Pierre ! Je suis fatiguée. J'ai perdu l'habitude de voir tant de monde...

L'avait-il crue ? En tout cas, lorsqu'ils arrivèrent, il n'entra pas dans la cour où, depuis les fenêtres de la maison, on aurait vu Blanche assise dans le camion.

– Ça ne sera pas long, lança Pierre en descendant.

En répondant qu'il prenne son temps, qu'elle avait tout le sien, elle parla d'une drôle de façon : il la regarda avec insistance mais n'ajouta rien, descendit et alla vers la ferme devant laquelle les chiens se mirent à aboyer.

Elle regarda les bâtiments. L'étable n'avait pas changé et on accédait toujours au fenil par une pente, ce qui, d'un certain angle, donnait l'impression qu'on mettait les vaches sous terre. Blanche connaissait cet endroit. Son père avait souvent travaillé pour le vieux Coudral, le père de « la personne de son âge », évoquée par Pierre Cathala.

Antoine Coudral était aisé ; aujourd'hui encore, sa ferme en imposait. Mais il avait un gros défaut : il buvait sec. Plus souvent que dans ses champs, on le trouvait à Mayral, en train de siroter au café, des journées entières. La nuit venue, il tombait comme une masse au fond du café, avant de rentrer au petit matin à La Vernerie quand il avait dessoûlé.

Toujours en retard dans son travail, il employait souvent le père de Blanche. Un matin, de très bonne heure, Joseph était en train de labourer, avec le cheval de La Vernerie, un des champs de Coudral, à la croix de Pareil, à mi-chemin entre Mayral et La Vernerie. Il avait déjà tracé trois ou quatre sillons quand il vit arriver Antoine sur la route. Celui-ci avait eu beau se tremper la tête un bon moment dans l'eau glacée de la fontaine, sur la place, il ne paraissait pas encore frais.

Il lui fallut un moment pour s'en rendre compte : c'était son propre champ que Joseph labourait ! Ce dernier, tout en le saluant, se demandait ce qu'il fallait faire : normalement Antoine aurait dû être à sa place, entre les manches de la charrue. Coudral ne se démonta pas : « Salut, Joseph ! Écoute : je ne me sens pas bien ce matin. Pourtant, il me semble que j'ai à peine bu. Enfin... je ne peux pas te remplacer. Mais je veux t'aider. Je vais chanter pour t'encourager ! »

Sur ce, il quitte sa veste et, pendant que Joseph reprend son sillon, il se met à chanter à tue-tête. Son père en riait encore, des années plus tard, revoyant Antoine Coudral, en chemise, en train de hurler au bord de son champ.

Ce souvenir dérida Blanche. Si Pierre Cathala n'était pas revenu à ce moment-là, elle serait peut-être même descendue du camion pour aller dire bonjour à Élodie, la fille de l'Antoine qui chantait si bien. Le garçon regarda la tête qu'elle faisait.

– On dirait que ça va mieux, lança-t-il en démarrant.

Blanche lui raconta l'anecdote. Elle fut déçue de constater que Pierre n'éclatait pas de rire, et souriait seulement. Elle pensa alors que le passé n'avait peut-être pas la même valeur et la même présence, pour elle et pour les autres.

11

POURTANT, lorsqu'elle rentra d'Albagnac, Blanche était heureuse. Elle pouvait enfin aménager la maison, s'installer vraiment. Son bonheur dura deux ou trois jours. Mais, peu à peu, une espèce d'ennui la gagna. Elle avait beau se répéter : « Ça y est ! Tu es chez toi, tu as tout ce qu'il te faut ! », rien n'y faisait. Certes, les Solitudes étaient en ordre à présent. Le lit avec son matelas ressemblait à un vrai lit, pas à un grabat. Les nouveaux ustensiles rangés sur les étagères, elle n'était plus obligée de cuisiner dans des toupis ébréchés, comme au début. Le menuisier du bourg, un homme silencieux dont elle ne connaissait pas la famille, était venu remplacer les carreaux brisés ; le soleil entrait à flots par les vitres propres.

Malgré cela, qui transformait sa vie, elle ressentait cet ennui chaque jour davantage, comprenant qu'il venait d'elle-même. Elle s'était promis de se rendre à Mayral afin de rechercher les gens qu'elle avait connus mais, à chaque fois, au moment de partir, elle trouvait un prétexte et ajournait sa visite. Pendant une semaine, elle erra ainsi, sans but, déplaçant un objet pour le remettre en place tout de suite après, sortant, faisant quelques pas, regardant le printemps. Il gagnait chaque jour du terrain, les arbres étaient de plus en plus beaux, la couleur de leurs feuilles toujours plus magnifique. Dans les prés, les fleurs poussaient au milieu de l'herbe en multitude désordonnée ; quand elle marchait à travers, elle avait l'impression de ressaisir un moment un éclat très ancien, plus précieux que tout l'or du monde. Il lui semblait s'approcher du but qu'elle s'était fixé en décidant de revenir habiter ici, après toutes ces années. Mais, dès qu'elle pensait aux printemps d'autrefois, lui revenait aussi la déception éprouvée à Albagnac.

Blanche le savait : elle était seulement à la recherche de ceux qu'elle aimait, oubliés depuis longtemps de tout le monde ou presque. Il lui restait peu de temps, elle le gâchait avec ses regrets. Elle aurait dû se satisfaire de ce qu'elle avait retrouvé. A commencer par sa maison. Elle se demanda si elle n'était pas revenue afin de la sauver, justifier ainsi les souffrances de son grand-père pour la construire, les efforts de son père pour la garder. Cependant, dès qu'elle sortait des Solitudes, la vie était là ! Il ne s'agissait plus de souvenirs, de temps immobile, mais d'une impitoyable course en avant, écrasant les traces des gens et de leurs actions, leurs travaux, des endroits où ils avaient vécu, où ils avaient aimé, où ils étaient morts. Seules les maisons demeuraient assez longtemps sur la terre pour témoigner. Cela même ne durait pas éternellement. Surtout dans cette époque nouvelle, on avait tôt fait de les démolir pour en bâtir d'autres qui disparaîtraient encore plus vite. N'avait-on pas raison, d'ailleurs ? Les neuves étaient autrement plus confortables que les anciennes, traversées par le froid de l'hiver, lorsqu'on devait laisser la porte ouverte à cause des cheminées qui fumaient. Et les salles de bains, les cuisines modernes, les machines ! Ne valaient-elles pas mieux que les lessives d'autrefois faites à la cendre de bois et rincées au ruisseau ? Qui prétendrait le contraire ? Certainement pas celles qui en avaient gardé des engelures en plein printemps ! Si on avait pu le leur demander – mais il était trop tard –, elles l'auraient dit, ces femmes qui avaient trimé toute leur vie du poulailler au puits. Sans compter les enfants, si difficiles à garder en vie, qui arrivaient presque chaque année. Ce n'était pas tellement ancien : jeune fille, Blanche l'avait connu dès qu'elle était sortie des Solitudes.

Certes, elle avait décidé de finir sa vie au fond des bois, jamais pourtant elle ne prétendrait – elle autrefois si fière de son petit appartement avec l'eau courante, l'électricité et l'hiver un chauffage obéissant à un seul bouton – qu'il fallait revenir à ces temps de misère et d'inconfort ! Il était stupide de s'étonner qu'Albagnac ait changé et normal qu'elle ne retrouve rien là-bas. La vraie raison de sa déception lui apparaissait, évidente : si quelques souvenirs avaient refait surface, ils n'arrivaient pas à remplacer ce qu'elle avait sans doute follement espéré, sans se l'avouer franchement. Peut-être avait-elle cru voir apparaître son père et sa mère dans les rues ? Même s'ils n'allaient pas souvent au bourg, leurs visites avaient marqué pour elle la découverte d'un autre univers que le sien. Là-bas, elle avait compris que le monde ne se limitait pas aux horizons des Solitudes. Il y avait d'autres gens ; dans d'autres pays, ils menaient une vie différente de celle de sa famille. Les hommes étaient égaux, affirmait son père. Alors pourquoi certains festoyaient-ils aux tables des restaurants dont on sentait les odeurs en passant dans la rue, tandis qu'eux se contentaient, comme à l'ordinaire, de leur pain et leur fromage sur une marche de la place du Portail-Bas ? Pourquoi ces hommes avaient-ils les mains blanches, alors que celles de son père étaient calleuses, griffées par les ronces ? Pourquoi voyait-on des femmes vêtues de robes magnifiques descendre des voitures aux chromes étincelants, tandis que sa mère frissonnait près d'elle, avec, sur ses épaules maigres, la même robe usée depuis des années et, aux pieds, des sabots dont Joseph réparait la courroie de cuir jusqu'à la limite où elle pouvait les porter ? Pourquoi les « gros » sortaient-ils des liasses de billets de leurs portefeuilles en cuir, alors que son père comptait et recomptait une à une les pièces de laiton dans sa poche, pour être sûr d'en avoir assez avant d'entrer au bureau de tabac ?

Ces questions, Blanche ne se les était jamais posées aux Solitudes : là, il n'y avait aucune comparaison à faire. A Albagnac, elles lui étaient apparues et, maintenant, elle n'était plus très sûre que les réponses d'Étienne fussent les bonnes. Pourtant, elle l'avait cru alors. Le monde allait changer ! Chacun aurait sa part, s'il savait la saisir, il suffirait d'oser, d'entreprendre ! Cela avait compté dans l'attrait qu'il avait exercé sur elle, au point de l'attirer loin de son pays. Aujourd'hui, elle serait moins facilement convaincue par ses belles phrases qu'à vingt ans. Lui aussi, au fil des années, avait rejoint un état qui, sans être celui de son père, connaissait, tout de même, beaucoup de limites. Quand il comptait et recomptait ses dépenses sur son grand cahier, impeccablement tenu, et lui annonçait qu'il faudrait attendre un an pour changer telle ou telle chose dans l'appartement ou pour cette robe ou cette veste, vues dans une vitrine, ils étaient loin de ce qu'il promettait lorsqu'elle l'avait rencontré. Le grand étonnement de Blanche, au fur et à mesure que les années passaient, avait été son acceptation de plus en plus facile. Elle s'était dit parfois qu'il avait vendu ses rêves à bon marché, en le voyant un peu somnolent dans son fauteuil, devant la télévision. Il avait troqué l'aventure, dont, jeune, il espérait tout, pour une sécurité devenue son mot favori, à mesure que le temps s'écoulait ; elle ressemblait fort à la médiocrité.

Blanche ressassait, se posait d'autres questions encore, en allant et venant autour de la maison. Un après-midi, perdue dans ses pensées, elle arriva de l'autre côté du champ qui descendait vers la rivière, en suivant le chemin toujours marqué, même s'il était bien moins large que lorsque les attelages de bœufs montaient les troncs. Des pêcheurs devaient passer par ici, sinon les broussailles auraient tout envahi, mais elle n'avait encore rencontré personne. Le grand champ était abandonné aux fleurs sauvages. Pourtant la pente, faible, n'interdisait pas le travail au tracteur ; ce n'était qu'une jachère de plus. Un verger s'étendait au bout de la prairie. Autrefois, il donnait de belles récoltes, étant abrité derrière une bosse de terrain – même en plein hiver, quand il faisait le plus froid, les jours de vent du nord, l'air y était doux comme au printemps. Le verger, envahi par les herbes et les ronces, était méconnaissable. Les quelques pommiers qui restaient, rabougris, présentaient des formes bizarres à cause des branches mortes ou cassées. Ces arbres n'avaient pas été taillés depuis des années, c'était un spectacle de désolation car on sentait qu'ici la main de l'homme avait longtemps maîtrisé la nature. Celle-ci se vengeait, à présent, avec son habituelle et implacable lenteur. Cependant, même à ce point d'abandon, il aurait suffi de quelques jours de travail pour rendre à cette parcelle un peu de son ancien visage. Mais qui aurait été capable de se lancer encore dans une telle entreprise ? D'ailleurs, cela n'en valait sans doute pas la peine.

Blanche se rappela les pommes ramenées par son père les jours de récolte quand il allait donner la main à Couderc, le propriétaire du verger, des pommes douces comme du sucre candi, avec une peau rouge et luisante, craquant sous la dent. Elles étaient petites, sans comparaison possible avec celles qu'on vendait en ville, dépourvues de goût mais magnifiques, grosses comme des oranges. « L'habit ne fait pas le moine ! »

On avait bien oublié ce proverbe et pas uniquement pour les pommes : seules les apparences comptaient désormais, les habits étaient plus importants que ceux qu'ils habillaient. Oui : déjà à l'époque, c'était un peu pareil ! Tout de même, on essayait de savoir qui les gens étaient vraiment. Porter toujours la même veste de velours, rapiécée par sa mère avec des bouts de tissu, n'empêchait pas son père d'être reconnu pour l'homme honnête et vaillant qu'il était. Bien sûr, ceux qui l'estimaient auraient, sans doute, pu en faire un peu plus pour lui. C'était exactement ce que Blanche leur reprochait aujourd'hui. Quelques sous l'auraient aidé dans les passes difficiles. Il aurait même pu s'en sortir pour de bon, passant, plusieurs fois, tout près de la possibilité d'avoir quelques bêtes, d'obtenir un ou deux champs en fermage. C'étaient toujours des manques dérisoires : un endroit où entreposer du fourrage pour l'hiver, pouvoir acheter de la semence, que savait-elle encore ? Mais ils étaient survenus au mauvais moment, l'avaient empêché de gagner la petite somme qui lui aurait permis de s'élever un peu au-dessus de cette condition le mettant à la merci d'un simple caprice du temps et rendant le lendemain toujours incertain : il n'était jamais sûr de retrouver l'embauche escomptée, malgré son honnêteté et sa vaillance au travail, reconnues par tout le monde.

Les pommes qui poussaient toujours dans le verger abandonné étaient minuscules, déjà rongées par les vers avant d'être mûres. Non, décidément, personne ne viendrait jamais plus tailler ces arbres et cueillir ces fruits. Bientôt les bois atteindraient l'enclos, ils escaladaient la pente en lançant leurs rejets, Blanche voyait leur lisière s'avancer peu à peu. Tout disparaîtrait alors, recouvert par les broussailles d'un sous-bois impénétrable. Dans dix ans ? Dans quinze ans ? Cela n'importait plus : une simple question de temps.

Après le verger, le chemin des pêcheurs entrait au milieu du bois dont les arbres explosaient de chants d'oiseaux. Elle continua jusqu'à la rivière. Le sentier aboutissait autrefois à une sorte de plage de sable et de galets. A la place, les crues avaient abandonné un enchevêtrement de troncs secs, de mousses et de branchages. A cet endroit, la berge était inaccessible et elle dut suivre encore le chemin pour voir courir l'eau.

Elle déboucha dans une clairière occupée par une petite prairie qui descendait en pente douce jusqu'au bord de la rivière. Des centaines de papillons jaunes, tachés de bleu sur les ailes, se chauffaient au soleil, accrochés aux tiges de l'herbe. Quand Blanche avança au milieu d'eux, ils s'envolèrent ensemble pour se poser un peu plus loin. C'était la première fois de sa vie qu'elle en voyait autant au même endroit. Avec les oiseaux, seul le bruissement de l'eau sur les pierres troublait le silence. Elle s'assit sur un tronc abandonné par une crue de la rivière. A peine caressée par le soleil, pendant un moment Blanche fut heureuse. Au bord de l'eau, sur les sagittaires et les ajoncs, des libellules vertes, aux vastes ailes transparentes et nervurées, oscillaient dans le courant d'air qui ployait les tiges. Elle pensa alors que cela au moins, personne ne pouvait le lui prendre. En même temps, que personne ne lui demandait rien. C'était elle qui attendait quelque chose ! Elle ne savait plus très bien quoi : ni ce que c'était, ni ce que ça valait.

Toutefois, ce long moment passé près de la rivière, avec les papillons et les libellules, l'aida après la triste semaine qu'elle venait de vivre. Quand elle rentra chez elle, le soleil basculait de l'autre côté des bois. Dans l'ombre, au couvert des arbres, elle frissonna. Mais elle commençait déjà à se moquer d'elle-même, de cette espèce de mélancolie qui l'avait gagnée depuis quelques jours. La mélancolie c'était bon pour les vieux ! Elle n'était pas vieille, son cœur, en tout cas, était encore neuf. Elle était venue ici à cause de lui...

Elle constata que sa maison était presque

coquette à présent, grâce aux rideaux de Vichy bleu, pendus aux fenêtres. L'intérieur fleurait bon la cire et la cuisine. Lorsqu'elle alluma sa lampe, le bois de la table brilla comme autrefois, quand elle y écrivait ses devoirs. La lumière réveilla dans l'ombre des silhouettes qui se tenaient loin de son halo, dissimulées par l'obscurité des murs, et semblaient la regarder.

Le lendemain de sa promenade à la rivière, Michel vint aux Solitudes. Elle n'avait vu personne depuis la sortie à Albagnac dont elle avait ramené suffisamment de provisions pour la semaine. Elle aurait aimé voir plus souvent Pierre Cathala ; et surtout, Blanche espérait le retour de Laurence.

Quand Pierre la regardait, elle devinait qu'il avait toujours une question pour elle sur le bout de la langue, même s'il n'osait pas la poser : « Enfin, pourquoi êtes-vous venue ici ? »

Il ne le lui demanderait peut-être jamais. S'il le faisait, elle n'était pas sûre qu'il comprendrait tout à fait sa réponse : il était trop jeune.

Michel arriva, comme d'habitude, par le chemin du champ de Fargues, un long bâton à la main : il avait une peur enfantine des vipères.

Elle le fit entrer ! Maintenant, elle était fière des Solitudes. Il fut stupéfait ! Il siffla entre ses dents et s'exclama :

– Ben dis donc ! Ça a drôlement changé ici ! J'aurais jamais cru.

Mais il ravala vite son admiration, son visage s'assombrit et il ajouta :

– L'autre soir, au café, René Fargues a dit qu'il était allé chez le notaire. On parle de toi de temps en temps, tu t'en doutes, non ? Même si tout le monde ne comprend pas ce que tu fais ici, ça s'arrête vite. Les gens ont autre chose à penser, avec tout ce qui leur tombe dessus aux jours d'aujourd'hui. Mais le René, lui, il en a vraiment après toi !

Blanche se serait bien passée de ce rappel à l'existence du petit-fils de Clément, après les journées qu'elle venait de vivre. Elle n'allait pourtant pas faire partager à Michel ses états d'âme. Mi-figue, mi-raisin, elle répondit :

– Bah ! Laisse-le parler ! Je verrai bien. Qui c'est le notaire ?

– Maître Laval.

Blanche eut une moue d'ignorance.

– Mais si ! Tu sais bien : le fils de Georges Laval. Son père a gardé l'étude jusqu'à sa mort il y a cinq ans.

Non, Blanche ne savait pas. Le père non plus, elle ne le connaissait pas. On n'allait jamais chez le notaire dans leur famille, il n'y avait pas de quoi ! A la mort de Joseph, personne ne lui avait rien demandé. En fait, elle aurait dû y penser à ce moment-là. Ils tenaient les Solitudes du don de Clément, mais, bien entendu, le papier n'avait jamais été enregistré... Enfin, du moins le pensait-elle. Pourquoi ne pas vérifier auprès de ce Laval ? Oui, mais si ce n'était pas le cas, ça les alerterait... Comme elle se taisait, Michel toussota et dit :

– Bon, je vais m'en aller...

En passant la porte, il ajouta :

– Cathala te porte tes courses, paraît-il. C'est un bon garçon. Si tu as besoin de quoi que ce soit, souviens-toi que j'existe !

– Oui, Michel, je n'ai pas oublié.

Déjà sur le chemin, il hésita et se retourna.

– A propos, Gabrielle a appris que tu étais revenue. On parle de toi, je te l'ai dit. Les femmes sûrement plus que les hommes ! Mais bon... Gabrielle n'a rien dit de désagréable, au contraire. Alors si tu as envie de venir chez nous, c'est quand tu veux.

Elle répondit :

– Tant mieux, je m'en rappellerai aussi.

Pauvre Michel ! Il croyait toujours ce qu'on lui disait. Plus c'était gros, plus il l'avalait facilement. Mais Blanche savait à quoi s'en tenir sur Gabrielle et ce qui se passerait si elle allait chez eux !

Elle l'avait oublié, ce sacré papier ! Il fallait absolument le retrouver avant d'aller chez le notaire. Sinon, que dirait-elle ? Que Clément avait fait une donation à Hippolyte ? Elle n'en possédait aucune preuve. Laval n'avait jamais entendu parler d'eux. Peut-être même son père non plus. Joseph et maître Laval habitaient des planètes différentes !

Elle passa deux heures à fouiller de nouveau la maison. Sans résultat. Elle vida toutes les boîtes, regarda derrière les meubles au cas où le papier aurait glissé ; rien ! Elle était découragée. Qu'allait-il se passer si elle ne le retrouvait jamais ? Au point où elle en était arrivée, il lui serait impossible de repartir des Solitudes ; elle avait renoué trop de fils, ils la tenaient bien, maintenant. Il lui était devenu impossible de vivre ailleurs ! Et cette maison, qu'allait-elle devenir ? En tout cas, si René Fargues avait hérité, comme elle le craignait, de la moitié seulement du mauvais caractère et de la méchanceté d'Antonin, Blanche était mal partie. A moins de retrouver la donation de Clément.

Le ciel se couvrit dans l'après-midi, de monstrueux nuages noirs couraient à toute vitesse au-dessus des arbres. Le soir, il y eut une espèce de tempête. Le vent coucha les bois avec de grands hurlements qui résonnaient dans la vallée. Ensuite la pluie se mit à tomber, d'abord des averses poussées par les rafales, puis un vrai déluge qui dura des heures. Blanche alluma sa lampe en raison du peu de jour qui restait et elle écouta l'eau ruisseler des arbres sur le toit de la maison. Elle avait arrangé les lauzes et il n'y avait plus de gouttière. Elle tisonna les braises. Malgré la saison, ce vent, cette pluie et les flammes dans le cantou la ramenèrent aux automnes d'autrefois, quand ils étaient réunis, avec son père et sa mère, et faisaient griller les châtaignes sur le feu. C'était la seule odeur qui manquait ce soir. Celle de la forêt mouillée par la pluie s'infiltrait lors des coups de vent par les fentes de la porte – Blanche les avait bouchées avec un carton qui s'était décollé. Son père et sa mère manquaient aussi. Cependant, elle avait l'impression de sentir leur présence à ses côtés, tout au long des journées. Le soir, dans la zone incertaine laissée par la lampe dans les bords de son halo de lumière, il lui semblait que leurs ombres s'animaient et qu'elle allait les voir avancer vers elle au milieu de la pièce. Sa mère tiendrait une casserole ou un chiffon à la main. Elle viendrait vers la table et regarderait ce que Blanche écrivait. Son père, lui, comme autrefois par ces soirs de pluie, entrerait dans un grand courant d'air qui ferait balancer la suspension. Ils enlèverait ses sabots et, dans son dos un peu voûté par la fatigue de la journée, la porte se refermerait sur la nuit. Les yeux de sa mère, alors, seraient paisibles car, tant qu'il n'était pas rentré, Blanche voyait les regards inquiets qu'elle jetait vers les bois. Ils seraient tous les trois réunis pour le repas du soir, après qu'elle aurait rangé ses cahiers ou ses poupées ; sa mère aurait installé ses assiettes de tous les jours, un peu voilées mais qu'elle aimait. Un de ces repas dont Blanche pensait alors qu'il en existerait toujours, aussi immuables, loin d'imaginer qu'un jour cela finirait, et encore moins que, des années et des années plus tard, la petite fille – une vieille femme désormais –, assise à cette même table, écouterait le vent de la tempête et le ruissellement de la pluie sur les feuilles des hêtres.

12

ELLE chercha de nouveau la donation, jusqu'à soulever les pierres disjointes des murs sous lesquelles son père, parfois, cachait de l'argent. Lorsqu'il pouvait en gagner un peu plus que d'habitude, il le gardait ainsi pour les « mauvais jours », si fréquents dans sa vie. Mais elle ne découvrit rien. Et pourtant ! René Fargues allait se manifester. Accablée, elle ressassait ces questions : si on lui prenait la maison ? Si elle devait partir ? Blanche aimait cette maison et tremblait pour elle. Le jour où elle ne serait plus là pour la défendre contre les hommes, contre les bois qui les encerclaient, que deviendraient les Solitudes ? Tout en cherchant la donation, elle avait caressé les murs, ces pierres transportées par son grand-père depuis les carrières de Sauban. Ces murs ? La vie des siens, leurs souffrances, mais aussi leur amour et leur joie les avaient imprégnés au fil des années. Quand Blanche posait sa joue contre eux, il lui semblait entendre des murmures. Elle comprenait pourquoi elle n'avait presque rien ressenti quand elle avait vendu leur appartement de Paris où ils avaient cependant vécu longtemps, Étienne et elle. Penser cela était cruel mais seule déjà comptait cette maison qui l'appelait. Après les années si dures de la guerre, c'était là qu'avait éclos son enfance émerveillée.

Pendant l'hiver de 1921 – Armand et Eulalie morts, Marie partie vers sa petite vie –, Hippolyte se retrouva seul aux Solitudes. Il proposa à Joseph et à Lucie de revenir habiter avec lui. Blanche avait dix ans.

Dix ans, onze ans, douze ans... Les années reprirent leur ronde dans le temps immobile des bois.

Sa mère tenait la maison, comme l'avait fait Eulalie, avec le même acharnement têtu, le même courage dans le dénuement ; ainsi, elles disparaissaient, d'autres prenaient leur place, et ces femmes d'alors formaient comme une longue chaîne où s'accrochait le pauvre bonheur de tous les jours. Quand ils trouvaient de l'embauche, Joseph et Hippolyte partaient travailler. Sinon, son père tressait l'osier de ses paniers, durant de longues heures, avec une interminable patience. Il se tenait assis devant la porte à la belle saison, mais surtout, en hiver – où le travail manquait souvent –, sur sa chaise au coin du feu. Lorsque le temps le permettait, Hippolyte allait dans la forêt, fagoter les remaisances abandonnées par les bûcherons. Après avoir mis de côté le bois de chauffage des Solitudes, il vendait le surplus au village.

Aux beaux jours, Blanche courait la campagne, seule ou avec Valentine. Temps du bonheur pour elle mais aussi pour sa famille. Lucie s'entendait bien avec Hippolyte, Blanche ne se souvenait pas d'une seule dispute. A la fin de la journée, ils se retrouvaient tous les quatre. Après le repas, ils allaient se promener. Blanche se rappelait ces soirs d'été où elle marchait à côté de son grand-père sur le chemin vers Mayral, tandis qu'un peu en arrière son père et sa mère parlaient à voix basse, épaule contre épaule. Il faisait doux alors, les odeurs montaient des bois et flottaient dans un air léger qui avait déjà la transparence du souvenir. Hippolyte lui indiquait le nom des oiseaux de nuit dont le remue-ménage agitait les laies autant que la cime des arbres.

Au mauvais temps, ils restaient à l'intérieur des Solitudes, assis en cercle autour du feu. Son père poursuivait son inlassable labeur de vannerie. Parfois il souriait à sa mère, quand elle levait les yeux de sa couture tout autant infinie. Hippolyte fumait, en contemplant les flammes, de petites cigarettes de tabac gris qu'il roulait entre deux doigts. Ils parlaient peu durant ces soirées d'automne ou d'hiver, mais leurs regards brillants disaient que le bonheur existait malgré tout.

La vie aurait pu durer ainsi longtemps. Blanche croyait qu'elle ne pouvait jamais finir. Mais il y eut ce jour de l'hiver 1922...

Un de ces jours où le froid prend le monde, l'étrangle et le fige, cadavre roidi, en une seule masse. Plus rien ne bouge dans la campagne, le temps, frappé de stupeur, s'immobilise aussi, semble-t-il, mais ce n'est qu'illusion.

La veille, il avait neigé, une nouvelle couche s'était ajoutée aux précédentes, pourtant la neige, légère, ne formait qu'une mince pellicule dans les parties abritées de la forêt. Aussi, le matin, Hippolyte partit fagoter sur une coupe abandonnée vers la combe de la Galibertie. Quand il allait ainsi dans les bois, il emportait son repas de midi dans une gamelle émaillée. Il le réchauffait ensuite sur un feu de branches, et ne revenait que le soir, lorsque la nuit gagnait le couvert. Cette fois, l'obscurité avait depuis longtemps étouffé la blancheur de la neige et le grand-père de Blanche n'était pas rentré. Joseph sortait sans cesse de la maison pour le guetter sur le chemin. Quand il fit tout à fait noir, qu'on ne distingua même plus l'orée plus claire au-delà des chênes, vers le champ, il dit à Lucie :

– Je prends la lampe et je vais le chercher. »

A voix basse – cela n'empêcha pas Blanche de l'entendre –, il ajouta :

– Il a dû lui arriver quelque chose !

Il prit la lampe-tempête et partit sur le chemin. Elles le virent s'enfoncer dans la nuit. Blanche se souvenait d'avoir ressenti l'angoisse de sa mère qui, lui saisissant la main, l'avait serrée trop fort, tandis que la lueur vacillante s'éloignait entre les fayards.

Joseph chercha son père une bonne partie de la nuit. Plus tard, il dit que, si la lune ne s'était pas levée, il ne l'aurait pas retrouvé avant le jour. Hippolyte était étendu dans la neige, à côté de l'arbre qui l'avait écrasé avant de rouler plus loin dans la pente. Il était mort, déjà froid et raide, avec un peu de sang sur ses lèvres. Joseph raconta d'une voix frémissante : « Sa bouche était grande ouverte, comme s'il avait appelé ! » Il le chargea sur son dos et le ramena aux Solitudes, en progressant difficilement dans la neige. Ce ne fut pas cet effort surhumain qui arracha des larmes à Joseph, mais l'immense chagrin qu'il ressentit, aux Solitudes, à voir son père étendu mort sur son lit. Son propre passé devait revenir à sa mémoire, depuis l'époque où

Hippolyte, avec tant de courage, construisait sa petite maison, et toute la peine que cet homme avait prise au long de sa vie pour finir, une nuit d'hiver dans la combe de la Galibertie, en voulant couper quelques branches de trop à un arbre qui l'avait finalement tué.

Ils le conduisirent tous les trois au cimetière. Au cause du froid, quelques personnes seulement étaient venues : on l'estimait pourtant, là où il avait travaillé. Cette fois-là non plus, il n'y eut pas de discours sur sa tombe.

Blanche avait maintenant douze ans, elle oublia sa peine assez vite. Il lui restait son père et sa mère. Et la campagne était si belle dans le printemps venu tôt cette année-là ! Mais chaque fois qu'il parlait d'Hippolyte, elle retrouvait, dans les yeux de son père, la tristesse sans fond découverte par elle alors qu'ils se tenaient autour du corps étendu sur le lit.

Un printemps précoce, un été magnifique et, quand l'automne vint, un jour sa mère lui annonça :

– Tu vas avoir un petit frère !... ou une petite sœur.

Qu'avait-elle ressenti à cette nouvelle ? Elle aurait été incapable de le dire aujourd'hui ; elle se rappelait seulement l'éclat de joie dans les yeux de sa mère. Ils brilleraient ainsi, d'une lumière de bonheur, jusqu'au mois d'avril de 1923, jusqu'à la naissance de Luc, son petit frère. Joseph, lui aussi, dut être heureux à ce moment. Un enfant arrivant dans une famille représentait un souci, une bouche de plus à nourrir, mais, dans le cas d'un garçon, constituait également une sorte d'assurance sur l'avenir, un soutien probable dans la vieillesse.

On ressortit le berceau en noisetier confectionné par Hippolyte pour ses propres enfants et qui avait déjà servi pour Blanche. Lucie, de la même façon, utilisa les draps fins et le bonnet tricoté soigneusement rangés par Eulalie dans le fond de l'armoire.

Blanche revoyait, assez vaguement, le petit visage de son frère, ses sourires. Ceux de sa mère, surtout, s'imposaient à son souvenir. Elle était tellement heureuse, Lucie, avec son nouveau-né ! Blanche fut sans doute un peu jalouse, et s'enfuit plus souvent encore dans la campagne, vers les prairies et les combes. Pourtant, elle gardait l'image douce de sa mère dégrafant sa robe pour donner le sein à son frère. Elle s'asseyait là, exactement à l'endroit près de la cheminée où Blanche se tenait elle-même aujourd'hui. Les feux allumés par son père, à cette époque, étaient moins économes de bois que les siens. Et elle le revoyait, lui aussi, dans les éclats des grandes flammes dansantes, confectionnant ses paniers avec une ardeur nouvelle, tout en jetant, de temps à autre, un coup d'œil sur sa mère et son frère, tandis qu'elle s'appliquait sur ses cahiers.

Puis l'automne vint, un automne pluvieux et froid, battu par des bourrasques de vent d'ouest, cinglé d'averses. Malgré les grands feux de son père, une humidité permanente s'infiltrait partout, même à travers les murs de la maison.

Un jour de novembre, l'éclat de joie disparut des yeux de sa mère. Sur le moment, Blanche n'y prêta guère attention mais, quelque temps après, elle la trouva en larmes, penchée sur le berceau de noisetier ; Lucie caressait doucement les lèvres de son frère. Blanche regarda et comprit : elles étaient bleues et il respirait en sifflant.

De ce jour, la joie s'enfuit des Solitudes. Cela dura tout un hiver. Un long hiver, pendant lequel ses parents emmenèrent son frère en ville plusieurs fois, chez un médecin réputé. A chaque retour, Joseph et sa femme se retrouvaient plus pauvres et plus malheureux. Les lèvres de son frère devinrent de plus en plus sombres et, peu à peu, cette ombre gagna les yeux.

Bien des nuits, Blanche entendit sa respiration sifflante, entrecoupée de temps en temps par des hoquets, qui faisaient bondir sa mère hors de son lit. Elle entendit aussi les pleurs de

Lucie quand elle se recouchait, les paroles maladroites de son père essayant de la rassurer. Elle se souvenait de tout cela et, avec une gêne, de l'impression qu'elle ressentit, pendant cette période, d'être de trop. C'était faux, évidemment ; sa mère et son père lui manifestaient toujours autant d'amour. Mais, à treize ans, la jalousie peut ternir beaucoup de choses.

Luc allait avoir un an. Quand il mourut, Blanche n'était pas là : son père l'avait emmenée depuis une semaine chez la veuve pour laquelle il avait travaillé autrefois.

On enterra son frère par un beau jour d'avril. Joseph porta le petit cercueil dans ses bras, jusqu'au cimetière. Ils étaient seuls avec la veuve, Blanche ignorerait toujours pourquoi, mais ce détail resta marqué dans son souvenir. Dès lors, le regard de sa mère, devenu dur et glacé, revint souvent hanter ses nuits. Blanche le vit ainsi changé, pour la première fois, au-dessus du trou dans lequel son père déposa le cercueil et qu'il était allé creuser lui-même à côté d'Hippolyte, d'Armand et d'Eulalie. Ce regard buté du malheur devint celui de sa mère, malgré quelques éclaircies pendant lesquelles Lucie retrouvait son sourire, parfois même sa gaieté. Blanche le devina alors : sa mère n'était plus avec eux, elle essayait de rejoindre par la pensée l'être dont le passage sur la terre avait été si bref et en qui elle avait placé tant d'amour et d'espérance. Ce regard, plus tard, se dresserait toujours entre elles. Malgré qu'elles s'aiment, il expliquait bien des malentendus. Aujourd'hui, Blanche comprenait mieux et regrettait que ce fût trop tard : tout aurait pu être si différent.

Revoyant ses parents autour du berceau de son frère et regardant autour d'elle, elle se demanda comment il était possible que tant d'événements heureux et de moments de joie, tant de peines, de morts aussi aient eu lieu dans cette maison.

Combien d'années s'étaient écoulées depuis qu'Hippolyte avait posé le houx sur le faîte de ce toit qui l'abritait ? Elle commença de les compter puis abandonna, c'était dérisoire. Et aujourd'hui, parce qu'elle n'avait pas retrouvé le papier de Clément Fargues, il lui faudrait peut-être quitter tout cela. Si elle s'en allait ou si elle mourait, les bois finiraient par détruire les Solitudes, comme ils l'avaient fait de la maison de Méline.

Elle s'enroula dans une couverture et passa le reste de l'après-midi derrière la vitre, à regarder le chemin, comme si son père allait surgir avec ses bêtes à l'orée du bois. Elle avait tellement besoin d'aide ! La nuit arriva. Blanche grignota après avoir allumé sa lampe. Elle pensa : « Les vipères doivent être dans la haie, cachées dans leurs trous. Peut-être que si j'y allais, je les verrais dormir, roulées sur elles-mêmes. »

Elle eut honte de cette pensée qui lui était venue. Comment accepter une telle lâcheté ? Elle en demanda pardon à son père.

Durant cette première nuit de l'été, elle eut envie de sortir, de courir vers Mayral, d'appeler au secours. Mais qui appeler ? Et surtout, comment expliquer qu'elle ne supportait plus le poids de tant d'années, le goût de désastre qui lui montait aux lèvres ? Dans cette nuit hostile, les Solitudes portaient trop bien leur nom. Et pourtant ! Elles étaient devenues sa raison de vivre, son seul but. Elle pensa à Pierre Cathala, à Nathalie. Comprendraient-ils, eux, qu'elle vienne, en pleine nuit, cogner à leur porte pour crier sa détresse ? Peut-être, mais elle donnerait d'elle-même un spectacle abject, et surtout : c'était à une enfant qu'elle aimait – et qui lui ressemblait tant – qu'elle révélerait le vrai visage du destin : la solitude infinie des cœurs abandonnés. Cela, jamais elle ne pourrait l'admettre. Son enfance à elle avait été belle, parée, malgré la misère, de tous les atours du bonheur. Elle se revit, une fois encore, dans les fleurs du printemps, les ors moirés de l'automne, les cristaux diaprés de l'hiver. Elle pensa à une autre fillette qui, elle aussi, avait partagé ces merveilles. Mais elle n'irait que demain. La vie lui avait trop appris à se méfier des effets du temps, même sur les plus évidentes complicités.

13

Les deux châtaigniers du Caussanel montaient toujours la garde de chaque côté du porche de la ferme. Quand Blanche entra dans la cour, le cœur serré devant l'image qu'elle donnait, identique après tant et tant d'années, le soleil était déjà haut dans le ciel très bleu au-dessus des toits. La grande maison de pierre n'avait guère changé, si ce n'est qu'on y avait adjoint une construction neuve, dont les fleurs des balcons ne parvenaient pas à masquer le mauvais goût ; les nouveaux occupants y vivaient, cela se voyait aux vitres masquées par des rideaux au crochet, aux bidons de lait posés sur le seuil dans l'attente du ramassage, au linge qui séchait sur une corde entre deux pruniers. Les volets de la vieille maison étaient fermés, sauf un, entrebâillé. Blanche reconnut la fenêtre de la salle commune. Un chien noir, hirsute, finalement amical après deux ou trois aboiements, finit par se désintéresser de sa présence et regagna sa niche. Ses cris ne firent sortir personne de la maison neuve. Blanche hésita peu et se dirigea vers la partie ancienne.

Au-dessus de la porte, le rosier grimpant escaladait toujours le vieux Caussanel. Après les aboiements du chien, le silence pesait de toute son épaisseur sur la cour et les bâtiments, seulement rompu de temps en temps par des roulades de ramiers. Blanche hésita, la main levée contre la porte, puis elle frappa, plusieurs fois. N'obtenant aucune réponse, elle allait retourner vers la maison neuve où devait bien se trouver quelqu'un. Elle s'aperçut alors que la vieille porte était entrouverte. Elle la poussa. Son âge excuserait son audace, pensa-t-elle. A l'intérieur, dans l'obscurité des vieux murs, le jour pénétrant avec elle fit briller de vagues lueurs sur le parquet et la boule de verre à facettes de l'escalier qui montait aux chambres. Le vestibule était désert. Au fond, une autre porte était ouverte sur la salle commune d'où venaient une odeur de braise et un ronflement sonore, entrecoupé de silences qui rendaient encore plus pesant celui du reste de la maison.

Blanche s'avança. Par le volet entrouvert, le soleil lançait un large rai de lumière dans la grande pièce. Celle-ci, qui avait vu passer tant de générations, était maintenant réduite à un abandon de plus en plus visible à mesure que ses yeux s'habituaient à la pénombre. Le feu fumotait sous ses cendres dans l'immense cheminée occupant presque tout le mur orienté au nord. Devant, affalée dans un fauteuil roulant et presque ensevelie dans des tricots et des écharpes de laine, une vieille femme grasse ronflait en dormant, avec de temps à autre des sursauts comme si elle allait se réveiller. Mais, à chaque fois, une sorte d'inertie semblait l'en empêcher, la retenir, et elle sombrait à nouveau, un sourire béat posé sur ses lèvres d'où coulait lentement un filet de bave. Sur une chaise basse, pelotonné lui aussi près du feu, un chat roux ronronnait ; il jeta sur Blanche un regard dédaigneux et retourna à ses rêves.

Blanche se tint debout, longtemps, devant ce qu'était devenue Valentine, craignant par-dessus tout que celle-ci ne s'éveille, n'osant plus bouger de peur que le parquet ne craque. Peu à peu le soleil sembla s'obscurcir, des nuages passèrent, découpés par la fente des volets entrouverts, ils lui évoquèrent une lampe de phare tournant sur la mer. Avec d'infinies précautions, elle recula, et parvint à quitter la pièce sans même réveiller le chat. Elle resta encore quelques minutes dans le vestibule où plus rien ne brillait. Puis elle alla vers la porte, très vite, pressée de retrouver le grand jour. A sa place, le ciel obscurci par les nuages couvrait la ferme de ténèbres. Au loin, éclata un premier coup de tonnerre.

– Madame, venez vous mettre à l'abri ! L'orage sera ici dans cinq minutes.

Blanche, bouleversée, regarda à peine la jeune femme qui rentrait son linge devant la maison neuve. Pendant que celle-ci lui criait à nouveau avec insistance :

– Madame, venez ! Voyons...

Blanche se mit à courir pour fuir cet endroit où les rires de sa jeuncssc se changeaient en ricanements, où la décrépitude – qui l'attendait elle aussi – avait englouti la petite Valentine. Le monde autour d'elle semblait s'être enfoncé en quelques minutes dans un gouffre noir et ce n'était pas seulement la faute de l'orage qui se rapprochait au galop.

Elle allait très vite. Elle entendit les premières gouttes tomber derrière elle, claquer dans la poussière, à ses trousses, alors qu'elle atteignait l'embranchement de la route menant au village. Elle essaya de les distancer, mais le rideau de pluie eut tôt fait de la rattraper. En quelques secondes, un déluge s'abattit sur elle. Elle était trempée à présent et son cœur battait trop vite dans sa poitrine. L'abri le plus proche, l'arrêt de l'autobus à l'entrée du village, se trouvait à deux cents mètres. Mais sa robe maintenant plaquée sur elle par l'eau, la pudeur habituelle des vieilles femmes lui commanda de fuir la sécurité des maisons. Elle se jeta vers les bois.

Sous le couvert des arbres, elle crut trouver un abri. Il n'était que provisoire ; très vite l'eau transperça la couverture de feuilles et inonda le chemin. Des coups de tonnerre claquaient dans tous les coins du ciel. Répercutés par les sous-bois, ils paraissaient la cerner, la menacer. Elle s'en moquait : que n'aurait-elle donné, à cet instant, pour être clouée par un éclair, après ce qu'elle avait vu au Caussanel ? L'orage lui refusa cette faveur. L'obscurité la gênait à peine et, pourtant, les bois étaient bien noirs. Dans cette course affolée, elle retrouva tous les réflexes de son adolescence, le sens de l'orientation qui lui avait permis si facilement autrefois de hanter ces forêts. Sans hésiter, malgré le peu de visibilité devant, les chemins peu à peu gagnés de broussailles, elle suivit facilement la direction des Solitudes. Épuisée, elle réalisa, en arrivant, qu'elle venait de refaire en courant la plus grande partie du chemin qui l'avait ramenée chez elle le premier soir. Elle atteignit la maison au moment où le tonnerre s'éloignait vers le sud. La pluie cessa alors qu'elle entrait chez elle, à bout de forces, malheureuse et en larmes, dégoulinante de pluie.

Elle se déshabilla, se sécha comme elle put et

se changea. Elle tremblait de la tête aux pieds. Le feu prenait mal, la pluie avait réussi à s'infiltrer le long du conduit, malgré les arbres abritant la maison, et à mouiller les fagots en réserve. Elle mit longtemps à allumer le petit bois et alors une fumée âcre envahit la pièce. Puis une première flamme monta, écarta la fumée et repoussa l'obscurité que le ciel, toujours bouché au-delà de la clairière, faisait régner à l'intérieur. Le cœur de Blanche, lui aussi, était obscur, gagné depuis une heure par une ombre qui, elle le sentait, annonçait une fin. De quoi ? Elle l'ignorait, mais elle pensa, tristement lucide : « De mon enfance ! »

Un peu plus tard, la fumée avait disparu et le feu flambait avec une bonne volonté rassurante. Elle tremblait encore mais la fatigue et le découragement la firent basculer dans un sommeil profond.

Quand elle s'éveilla, le ciel s'était éclairci au-dessus des prairies, cependant le soir venait et l'ombre du crépuscule remplaçait, peu à peu, celle de l'orage.

Son feu était en train de mourir lentement, elle le relança sans insister, et il retomba dans son assoupissement. Quand il ferait trop froid elle irait se glisser tout habillée dans son lit.

Une image ne cessait de revenir – le visage d'une très jolie petite fille aux nattes brunes, aux yeux fermés, qui bavait lentement sur son col fleuri. Pour chasser ce cauchemar qui la hantait et qu'elle croyait distinguer dans les fantasmagories des braises, elle s'efforça de penser aux siens, de se raconter à nouveau leur histoire. Mais la magie n'opérait plus et elle ne put dérouler encore, comme pourtant elle l'avait si souvent fait depuis son retour, le récit des jours d'autrefois. Seuls des fragments lui furent restitués, dans cette nuit qui venait peu à peu sur la terre. De simples morceaux du passé qui, en plus, ne concernaient guère les époques bénies, ne rappelaient que bien peu de bonheur ou simplement de joie.

En avril 1924, le regard de sa mère s'était éteint et, par la suite, rares avaient été les occasions où il s'était rallumé pour un sourire. Toute leur vie en avait été changée, rien de ce qui s'était passé ensuite ne serait survenu de la même façon, Blanche en était sûre, si sa mère avait gardé cette joie courageuse qui faisait sa force et illuminait leur maison. Après ? Ç'avait été comme une lampe qui se serait éteinte, une ombre qui, s'abattant sur eux, aurait tout obscurci.

Et les années s'enfuirent au galop, au point qu'aujourd'hui elle était bien incapable de les démêler. Allongée sur son lit, alors que dehors la terre devait fumer après l'orage, de rares moments lui revenaient, difficiles à dater.

Ses quinze ans et la robe offerte par son père, achetée en ville lors de l'une de ses tournées interminables pour vendre ses paniers. C'était sa première vraie robe, taillée dans un tissu de coton à fleurettes, longue jusqu'aux mollets, avec de la dentelle au col et aux poignets. Jusque-là, elle avait toujours porté celles confectionnées par sa mère dans des coupons laissés pour compte au marché d'Albagnac.

Son premier bal à dix-sept ans, alors qu'elle avait accompagné son père, un samedi soir, à Mayral où il coupait toujours les cheveux. Cette fois, la musique avait joué pour elle seule – était-ce encore Arthur qui jouait ? Elle ne s'en souvenait plus. Pourtant, rien ne devait être différent des autres samedis, et son père devait, comme d'habitude, attendre tristement ses clients au fond du café. Mais, ce soir-là, la musique jouait pour elle ! Pour la première fois de sa vie, un garçon la tenait dans ses bras. Ce n'était pas Michel, non, mais un qui venait de Sauveterre, elle s'en souvenait. Il avait fait tout ce chemin à pied, pour se louer le lendemain aux Hivernals. C'était en juin et les tilleuls sentaient bon sur la place, mais l'odeur dont elle se souvenait encore le mieux aujourd'hui était celle de la brillantine de ce jeune homme dont elle avait tout à fait oublié le nom.

Son premier bal... Et tous ceux qui avaient suivi. Durant ces années, elle les courut tous et pas souvent avec le même garçon. Pendant ce temps, aux Solitudes, sa mère regardait dans le vide, avec la figure triste qui ne la quittait presque plus, et Joseph partait travailler, faisait ses paniers, partait les vendre, cherchait un emploi pour un jour ou deux heures. A la saison, il allait sur les chemins avec les quelques bêtes qu'on lui confiait et disparaissait alors pour la journée entière. Le soir venu, on entendait sonner une ou deux clochettes et il ramenait les chèvres et les moutons. Blanche, elle non plus, n'était pas souvent là. Elle ne les avait pas beaucoup aidés tous les deux. Mon Dieu, que faire avec tous ces regrets ?

Désespérée par les lacunes de sa mémoire, pressentant qu'elle refusait de voir certaines vérités en face, elle chercha à fuir cette époque de sa vie, trop différente de ce qu'elle avait vécu enfant. Elle ne voulait se rappeler que du temps d'autrefois avant qu'elle ne soit folle... Elle avait honte aussi en pensant à Joseph et Lucie, seuls dans la maison des bois, usant leurs forces dans la déroute d'une vie de famille qu'elle semblait s'efforcer de détruire.

Quand Étienne était venu, l'été de 1937,

c'était l'amour, alors, qui l'avait rendue folle. Il n'était pas question pour elle de le regretter, ces instants volés au destin avaient, eux aussi, trop de prix. Tout de même, subjuguée par ses promesses, surtout celle d'une vie meilleure – cela, il fallait qu'elle se l'avoue –, elle avait commencé à dresser contre eux les barrages qui, plus tard, engloutiraient sous leurs flots ces années dont elle avait réussi à retrouver la trace durant les semaines qui venaient de s'écouler, tout en sachant qu'elle n'en avait recueilli que des éclats fugaces. Son silence, les longues périodes où elle n'était pas revenue aux Solitudes – et la guerre avait joué son rôle : elle n'était pas responsable de tout – avaient établi entre elle et ses parents des digues qui avaient fini par boucher l'horizon. Sa mère avait elle aussi dressé un barrage, celui de son silence, total les dernières années de sa vie, rompu, si l'on peut dire, par ses rares sourires en réponse aux questions de son père. Un jour, alors qu'elle était venue aux Solitudes, Blanche avait voulu, à tout prix, briser ce mur. Dans cette nuit d'après l'orage, elle en rougissait encore : elle avait presque insulté sa mère, pour tenter de lui arracher quelques mots. Joseph, l'ayant entendue, l'avait chassée. Un mois plus tard, Lucie était morte du cancer qu'elle portait depuis deux ans – son père devait plus tard le lui apprendre. Il ne l'avait avertie que trois jours après, et il était trop tard et inutile qu'elle vienne, avait-il dit. Entre Joseph et sa fille, il y avait eu deux mois de silence. Elle s'était décidée à le rompre, ne supportant plus la vérité qu'elle apercevait plus ou moins. Dès lors, entre eux deux s'était installée une de ces situations dans lesquelles rien n'est tranché, ni sûr, ni établi définitivement, où chacun, toutefois, s'efforce de ne pas blesser l'autre, où « la vie va », comme on dit, bon an mal an.

Et maintenant, tout cela était si loin...

Il faisait de plus en plus froid et elle n'avait plus le goût ni la force de faire repartir son feu.

Vers le milieu de la nuit, elle commença à tousser. Elle se leva pour boire et vit par la fenêtre que la pleine lune tentait de percer un épais brouillard, dû à la pluie.

Blanche sortit. Cette idée qui l'avait effleurée – la haie, les vipères – lui revint. Elle fit quelques pas sur le chemin. En avançant, elle vit sa mère tendre les bras vers elle, la repousser. Elle murmurait, mais sa voix était nette : « Arrête, Blanche. Arrête ! » Alors le brouillard se déchira. Il lui sembla revenir sur terre. Elle rentra en frissonnant et relança son feu. Elle toussa de nouveau, longuement.

Dans les lueurs que le feu ranimé jetait dans la pièce, elle revit sa mère. Elle eut l'impression qu'elle voulait lui parler, lui montrer quelque chose. La fièvre la gagnait, la sueur ruisselait dans son dos. Elle marcha dans la pièce, cherchant, lui semblait-il, l'approbation de sa mère. Devant l'armoire, son délire lui fit lire un sourire sur les lèvres de Lucie. Blanche ouvrit le meuble et fouilla. Elle se rendit compte que, plus que les indications du fantôme de sa mère, c'était un très ancien souvenir – quelques mots de son père ? – qui l'avait amenée jusque-là. Elle souleva les draps. Il en restait un brodé aux initiales de ses parents – des quatre ayant constitué le pauvre trousseau de sa mère. Il était jaune, un peu mité. Elle l'avait découvert, en arrivant aux Solitudes, et laissé au fond de l'armoire, sans y toucher. Entre ses plis, elle retrouva le grand mouchoir offert par son père à sa Lucie la veille de leur mariage et qui avait servi pour sa naissance. Elle l'ouvrit. La donation, enregistrée, visée par le notaire, était pliée à l'intérieur !

14

Le lendemain, ce fut une vieille femme à bout de forces qui se rendit à l'étude de maître Laval. Tout au long du chemin, elle avait dû s'arrêter plusieurs fois pour tousser. Mais la flamme dans ses yeux n'était pas seulement due à la fièvre qui la rongeait. Devant le notaire, elle prit sur elle. Celui-ci était trop jeune pour avoir jamais entendu parler de Blanche ou des Brunel. Mais son clerc, un homme âgé, se souvenait que son père avait apporté la donation des Solitudes, six mois avant de mourir, à l'étude du père Laval pour la faire enregistrer. Il restait même un dossier, avec le double. Il alla le chercher dans un grand cartonnier vert, décoré de filets dorés. Cela fit un curieux effet à Blanche de lire l'étiquette « Joseph Brunel » sur la couverture.

Elle expliqua ce qu'elle souhaitait, et ajouta qu'elle était très pressée – disant cela, elle souriait. Comme c'était simple, le notaire fit établir l'acte tout de suite.

Quand elle rentra chez elle, malgré le chaud soleil qui avait dissipé le brouillard de la nuit, elle frissonna de nouveau. Autour d'elle, le monde avait perdu sa stabilité, elle dut s'asseoir pour ne pas tomber. Elle allait se coucher. Demain, tout irait bien...

Elle était tellement heureuse !

Épilogue

Au printemps suivant, un dimanche, la maison des Solitudes était ouverte. Une fillette courait dans le champ, à l'orée des bois, en compagnie d'un épagneul.

Plus bas, vers la rivière, on entendait le bruit rageur d'un moteur à deux temps. Pierre Cathala travaillait le verger à la motobineuse. Les pommiers avaient été taillés. Sa femme entassait les branches mortes.

Blanche était morte trois jours après sa visite chez elle notaire. Ils avaient voulu appeler le médecin, l'emmener chez eux, elle avait refusé, acceptant seulement la présence de Nathalie le matin et le soir. Elle était morte pendant la nuit. La jeune femme l'avait découverte, au matin du troisième jour. Son visage était paisible. On l'avait enterrée à Mayral, dans la tombe de ses parents selon sa volonté, exprimée dans le testament qu'elle avait fait établir chez maître

Laval. Par le même acte, elle léguait sa maison à leur fille, Laurence, et à eux-mêmes une somme importante.

Avec cet argent, Pierre et sa femme avaient pu acheter le champ, le verger de pommiers et une terre près du village. Ils venaient ici tous les dimanches, ils s'y plaisaient. Pierre envisageait de travailler le champ.

La fillette s'assit dans l'herbe, au milieu des fleurs. Des papillons jaunes volaient autour d'elle. Il lui sembla apercevoir la fine silhouette d'une vieille femme devant les Solitudes.

Mais ce devait être un rêve.

Bize-Minervois,
février 1997.

DU MÊME AUTEUR

Aux Éditions Albin Michel

LE JARDIN DES HESPÉRIDES, roman
1994

HAUTES TERRES, roman
1996
(Prix Charles Exbrayat)

Chez d'autres éditeurs

LE VASTE MONDE, roman
Laffont, 1989
(Prix Terre de France/La Vie)
(Prix Cinélect)

L'OFFRANDE DU SUD, roman
Laffont, 1991

LES LARMES DE LA VIGNE
Seghers, coll. Mémoire vive, 1991

MAX SAVY, LE LONG CHEMIN
Inard, 1992

La composition de cet ouvrage
a été réalisée par I.G.S. Charente Photogravure,
l'impression et le brochage ont été effectués
sur presse Cameron dans les ateliers de
Bussière Camedan Imprimeries
à Saint-Amand-Montrond (Cher),
pour le compte des Éditions Albin Michel.

Achevé d'imprimer en mars 1997.
N° d'édition : 16292. N° d'impression : 4/298.
Dépôt légal : avril 1997.